나는 범죄 피해자입니다

나는 범죄 피해자입니다

트라우마 치유 안내서

배승민 백명재 유성은

글항아리

머리말

"제 생각과는 너무 달랐어요."

10여 년 전, 제가 속해 있던 성폭력 피해 아동 지원 기관에서 아이들의 작품으로 전시회를 열었습니다. 아이들 대부분은 전문적인 교육을 받은 적이 없고 센터 직원들도 미술 전공자들이 아니었으니 미술관에서 전시하는 건 여러모로 무리수였으나 한 화가의 도움 덕에 무사히 진행할 수 있었습니다. 그런 그가 행사 이후 저렇게 말한 겁니다. 미술관에서 요구한 기준을 맞추기 위해 개인작도 준비했지만 결국 미완성으로 남았다는 말도 덧붙였습니다. 저 같은 일반인의 눈에는 미완이라는 말이 이해되지 않을 정도로 멋진 작품이라, 저는 그 이유를 물었습니다.

"그림을 그리기 시작했을 때, 센터에 처음 오는 아이와 가족들의 표정을 봤어요. 도저히 밝은 색을 쓸 수 없더라고요. 그런데 이 아이들이…… 사건을 잘 모르는 저에게까지 고통과 절망을 전달하던 눈빛이, 한 장 한 장 그림이 쌓여갈 때마다 조금씩 달라지는 거예요. 그래서 그림을 다 칠했다가도 다음 날 아이들의 눈웃음을 보고는 한 톤 더 밝게 덧칠하고, 그다음 날 벽을 타고 들려오는 웃음소리에 또 조금 밝은 색을 섞고……. 작품에서 드러나는 명랑한 에너지에도 압도돼 계속 덧칠하고 수정하다보니 도저히 완성할 수 없었어요. 밝지만은 않은 길이겠지만 그 길 위에 선 아이들의 회복력만큼은 상상을 초월하더군요."

화가는 자신의 표현력과 그릇에 한계가 있다며 연신 아쉬워했습니다. 하지만 저는 그 미완의 그림이, 고통과 절망으로 뒤덮인 캔버스 위에서 점점 피어나는 찬란한 햇살 같은 빛이 너무나 아름답다고 생각했습니다. 다 타버린 숯덩이 같은 어두움을 온전히 덮지 않고, 여전히 얼룩처럼 남아 있는 먹색을 끌어안은 채 존재하는 그 모습이야말로 회복을 표현하는 것 같다고요.

이 책은 일반인을 위한 트라우마 안내서가 필요하다고 고민하던 중 글항아리 이은혜 편집장님의 제안이 시발점이 되어 기획되었습니다. 우리나라에서는 전국에 강력범죄 피해 트라우마 통합지원기관인 '스마일센터'를 설치해 운영하고 있는데요. 각기 다른 지역에서 센터장을 맡고 있는 백명재 정신건강의학과 전문의, 유성은 임상심리전문가, 그리고 소아청소년정신과 전문의인 제가 같은 목표 아래 글을 모았습니다. 범죄 피해자들이 흔히 겪지만 쉽게 알기 어려운 트라우마 증상 및 치유의 과정을 소개하고자 특정 개인의 이야기 대신 센터에서 자주 접하는 사례들을 가공하여 담았습니다.

기획 단계에서 이 책의 방향을 의논하며 제가 떠올렸던 이미지는 자연재해, 특히 순간의 불씨가 번져 주변을 초토화하는 산불이었습니다. 그래서 1장에서는 범죄 피해라는 트라우마를 대형 화재에 빗대 사건 직후 일어날 수 있는 반응들을 소개했습니다. 2장에서는 겉으로 보이는 불길, 즉 급성 반응이 잡힌 이후에도 이어질 수 있는 다양한 트라우마 증상을 다루었습니다. 3장에서는 사건이 끝난 뒤에도 지속되는 영향으로 발생할 수 있는 신체, 인지, 심리적 변화를 살펴보았으며, 마지막 4장에서는 회복과 희망의 의미를 되새겨보았습니다. 10여 년 전 미술관에 걸렸던 미완의 그림을 떠올리면서요.

가해자가 던진 불씨로 시작된 화마 속에서 비명조차 못 지를 만큼 고통스러워하던 이들. 모든 것이 잿더미로 변해버린 대지 위에 다시 씨앗을 심고 참아내기 어려운 울음 속에 분투하는 용감한 사람들에게 이 책을 바칩니다. 짓밟히지 않는 그들 영혼의 힘이 부디 다른 피해자들에게도 마중물이 될 수 있기를 바랍니다. 그 과정에서 저를 포함한 치료자들이 자신의 쓰임을 다할 수 있었으면, 이 책이 그 흐름을 잇는 하나의 작은 물길이 되었으면 좋겠습니다. 마지막으로 날줄과 씨줄 같은 글들을 하나의 책으로 엮어준 글항아리 출판사에 감사드립니다.

봄이 오는 길목의 센터에서,
배승민

차례

일러두기

· 이 책에 소개된 사례는 여러 유사한 사례를 기반으로 재구성한 내용이며, 피해자의 이름은
모두 가명임을 밝힙니다.

· 각 글의 필자는 다음과 같습니다.

백명재 1-1, 2-2, 2-4, 2-6, 3-6, 4-2

배승민 1-2, 2-1, 2-3, 2-5, 3-1, 3-4, 4-3

유성은 1-3, 3-2, 3-3, 3-5, 3-7, 4-1

1장

불이 났어요

— 범죄 피해자가 되다

트라우마 반응은
몸에서부터 나타난다

민수씨의 고통은 겉으로 드러나지 않았다. TV에서는 군에서 발생한 총기 난사 사망 사고 소식이 종일 반복됐지만, 사건 현장에 있었던 장병 모두가 화면을 보며 웅성거릴 때 민수씨는 혼자 침대에 말없이 누워 있었다. 원래도 말수가 적은 편이었지만 사건이 일어난 뒤에는 입을 거의 열지 않았다. 힘들다고 내색하지도 않았다. 무표정한 침묵은 주변 사람들 눈에 띄지 않았고 그래서 아무도 관심을 기울이지 않았다. 5명이 사망한 사건 현장에 함께 있었던 동료들이 잠 못 이루면서 온몸이 떨리고 불안하다며 의료진에게 도움을 구할 때조차 민수씨는 가만있었다. 하지만 생존자 20여 명 중 상태가 제일 심각한 건 그였다. 부대에 임시로 마련한 상담실에서 마주 앉은 민수씨는 조용한 게 아니라 멍했다. 사고 후 며칠이 지났지만 여전히 넋이 나가 있었고 눈앞에서 일어난 사건을 실감하지 못했다. 말 그대로 정신이 없었다.

　끔찍한 범죄 피해를 비롯해 트라우마 사건을 겪은 직후 나타나는 마음의 반응은 사람마다 다르다. 하지만 초기에 공통적으로 말하는 마음의 상태는 "정신이 없다"라는 것이다. 범죄 피해를 입는 대부분의 사람은 난생처음 트라우마 사건을 겪는 것이다. 트라우마 사건 자체로 경황이 없는데 심지어 사건 직후 감당해야 할 일도 많다. 경찰에 신고가 되어 있다면 사건 조사에 대한 두려움과 걱정도 크다. 아직 신고를 안 했다면, 발생한 범죄를 경찰에 신고하는 게 자연스럽고 당연한 절차임에도 불구하고 이를 망설이는 분이 많다. 가족이나 지인에게 범죄 사실을 털어놓을지도 고민이 된다. 뻔한 위로와 조언을 들을까봐서도 그렇고, 그들의 태도로 인해 내상이 더 깊어질까봐서다.

　빠른 시일 내에 결정해야 할 현실적인 문제들도 있다. 트라우마로 인한 충격 탓에 당장 일상생활조차 하기 어렵지만, 다니던 직장이나 학교를 어떻게 해야 할지, 추가 피해를 막기 위해 주거지를 옮겨야 할지 결정해야 하는 처지에 놓이기도 한다. 이러한 상황에 홀로 놓이면 흔히 생각하는 우울 같은 감정은 느낄 겨를도 없다. 여러 생각이 머릿속에서 뒤섞이는데, 문제는 이것이 이성적인 판단으로 이어지지 않고 불쑥 떠올랐다가 다른 생각에 잠식당한다는 것이다. 머릿속이 복잡한데 오히려 텅 빈 것 같기도 하다. 쉬운 문제는 하나도 없고 정답도 없다고 느껴진다.

트라우마 반응은 몸에서부터 나타난다

"아무것도 넘어가질 않아요. 속도 안 좋고 뭘 먹고 싶다는 생각도 안 들어요."

민수씨는 밥을 전혀 못 먹고 있었다. 동료들과 함께 식당에 가는 것도 힘들었다. 사건 직후라면 밥을 먹더라도 속이 울렁거리거나 소화가 안 돼 설사도 한다. 범죄 피해를 입은 분들에겐 밥을 챙겨 먹으라고 권하는 것조차 조심스럽다. 안 먹는 게 아니라 못 먹는 건데 밥을 권하면 자신의 상태에 제대로 공감해주지 못한다고 느낄 수 있기 때문이다. 밥을 챙겨 먹는 것이 사치라고 생각하는 피해자들도 있다. 관계 형성이 충분히 되기 전까지는 전문가라도 조언하기가 조심스럽고, 하더라도 피해자 귀에는 들리지 않을 수 있다. 그런 이유로 우유나 음료수라도 드시라고 권하는 게 최선일 때가 많다.

피해자 대부분은 밤잠을 이루지 못한다. 잠에 못 들고, 들어도 자주 깨며, 어떤 분들은 뜬눈으로 아침을 맞는다. 어찌어찌 잠을 이루더라도 악몽에 시달린다. 사건과 관련된 악몽 때문에 잠드는 것 자체를 두려워하는 이들도 있다. 꿈은 스스로 어떻게 할 수 없으니 현실보다 악몽 앞에서 더 무력해진다. 사건이 낮에 발생했더라도 밤중에 심리적 고통이 더 심해진다는 분들이 많은데, 악몽은 그 고통을 가중시킨다. 보통 2~3일만 잠을 설쳐도 일상에 지장이 생기니, 매일 이어지는 불면은 심신을 망가뜨릴 수밖에 없다. 치료가 필요할 정도의 어려움을 겪는 범죄 피해자들은 오히려 정신건강의학과 진료를 주저한다. 그럴 때 치료로 이끄는 중요한 한마디는 "약이라도 먹고, 잠이라도 자자"이다.

범죄로 몸을 다친 게 아닌 피해자라도 몸이 괴롭다. 우리 뇌는 위협적인 상황에 놓이면 근육의 긴장도를 높인다. 위급할 때 온 힘을 다해 도망치거나 맞서 싸우기 위해서다. 하지만 트라우마를 겪은 뒤에는 위험 상황을 판단하는 뇌 부위가 과민해져서 종일 근육 긴장도가 높게 유지된다. 이 때문에 머리, 목, 어깨 등 여러 부위에서 통증이 나타나고 조금만 움직여도 피로해지거나 무기력한 상태로 지내게 된다. 누워만 있어도 지치는 것이다. 범죄 피해자가 집 밖에 나가는 것을 꺼리는 데는 이러한 컨디션도 큰 원인이 된다. 이를 안타깝게 여기는 가족이나 지인들은 "밖에 나가자, 좀 걷기라도 하자"며 좋은 의도로 설득하지만 피해자들의 부담만 커질 뿐이다. 도저히 움직이지 못하겠다는 분들에게는 "낮에 집 앞 벤치에 앉아서 잠깐 햇빛이라도 보자"라고 권한다. 낮에 햇볕을 쬐어두면 밤에 수면 호르몬인 멜라토닌 분비가 늘어나 잠을 자는 데도 도움이 되기 때문이다.

공황 증상처럼 가슴이 답답하거나 숨 쉬기가 어렵다고 하는 분들도 흔하다. 이 증상은 나도 모르게 평소보다 흉식 호흡을 크게 한 결과다. 이 때문에 가슴 부위 근육이 피로해져 가슴이 답답해지고 필요 이상의 산소가 몸에 들어오면서 어지럼증까지 유발된다. 트라우마를 겪은 분들을 진료실에서 만날 때면 복식호흡부터 가르쳐드린다. 전문적인 치료를 기대하고 오는 범죄 피해자와 가족들은 의아해할 수도 있지만, 본격적인 치료에 앞서 몸과 마음을 안정화하는 데 복식호흡보다 더 나은 방법은 없다. 가장 쉽게 배울 수 있는 간단하고 효과 좋은 안정화 방법이기에 개인적으로는 본격적인 트라우마 치료만큼이나 도움이 된다고 생각한다.

극심한 불안과 멍함, 그 사이의 짜증

범죄 피해 이후의 심리적 반응에는 우리가 상상할 수 있는 모든 반응이 포함된다. 불안, 우울, 수치심, 분노, 울분, 죄책감, 공허함, 좌절, 두려움, 후회, 실망, 원망, 억울, 짜증……. 그중 가장 눈여겨볼 것은 불안이다. 불안은 피해 직후 경황이 없는 상태에서도 나타나지만, 어느 정도 현실로 돌아온 뒤에는 더 극심해진다. 문제는 불안이라는 감정을 말로 표현하기 어렵다는 것이다. 트라우마를 겪은 환자들에게 불안이 어떻게 나타나느냐고 물으면 대부분 신체 반응이나 행동, 생각으로 표현한다. 두근거림, 몸 떨림과 같은 신체 반응, 가만있지 못하고 안절부절못하는 행동, 범죄가 또다시 일어날지도 모른다는 생각. 극심한 불안을 느끼고 있는 범죄 피해자라면 본인이 표현하지 않더라도 자연스레 바깥으로 드러난다. 심하면 상담실 문을 열고 들어와 의자에 앉기 전부터 느껴진다. 따라서 정신건강 전문가가 아니라도 불안 수준이 높은 사람은 쉽게 알아차릴 수 있다. 이런 때는 가족이나 지인들이 어렵잖게 피해자의 불안과 고통에 관심을 기울이며 치료를 받도록 돕기도 한다.

반면 극심한 불안과는 정반대 반응이 나타나기도 한다. 앞서의 민수씨처럼 멍한 상태다. 이런 분들은 눈에 잘 띄지 않을뿐더러, 범죄 피해와 같이 커다란 트라우마에 노출되면 당연히 그럴 수 있다고 여기기 쉽다. 하지만 연구에 따르면 멍한 반응을 보이는 환자일수록 후유증이 오래간다. 즉 외상후스트레스장애Post-traumatic Stress Disorder, PTSD로 진행될 가능성이 높아 전문가의 면밀한 평가가 이뤄져야 한다. 우리가 알고 있는 대부분의 질환은 조기 진단과 조기 치료가 중요하다. PTSD도 예외가 아니다. 트라우마를 입은 사람의 침묵은 금이 아니라 응급 상황일 수 있는 것이다.

극심한 불안과 멍한 반응이 치료가 필요한 양극단의 반응이라면, 가장 흔한 정서적 반응은 무엇일까? 정신건강 전문가조차 불안과 우울을 떠올리기 쉽지만, 실제로 가장 많이 나타나는 반응은 짜증과 분노다. 모든 자극에 예민한 상태인 것이다. "밥이라도 챙겨 먹자"라는 가족의 한마디에도 "내가 알아서 먹는데 왜 자꾸 그래?"라며 짜증을 낼 수 있다. 이런 반응이 반복되면 주위 사람들은 피해자의 마음을 점점 더 이해하기 어려워지고, 함께 짜증을 내거나 지칠 수 있다. 하지만 이게 타인에 대한 공격이 아니라는 것은 다들 알 것이다. 자기 자신을 보호하기 위한 자연스러운 반응이며, 여전히 힘들고 아픈 상태라는 증거다.

이러다가 조현병이 되는 건 아닌가요?

진영씨를 처음 만난 건 중환자실에서였다. 가슴에 총을 맞아 응급 수술을 한 직후였다. 대화를 할 수 없는 상태였지만 잠을 전혀 못 자고 있다는 간호사의 말에 수면제만 처방했고 대화가 가능할 때 다시 협진해달라고 부탁했다.

며칠 뒤 일반 병실로 올라온 진영씨를 만났다. 그는 두려움에 떨고 있었다. 병원은 명백히 안전한 공간이지만, 누군가가 자신을 죽이러 올 거라는 생각이 확고했다. 의사, 간호사조차 자신을 죽일지 모른다고 의심하고 있었다. 조현병의 대표적 증상인 피해망상과 구분되지 않을 정도였다. 일시적인 착각일 거라 여겼지만 며칠이 지나도 마찬가지였다. 증상을 조절하기 위해 조현병 약물을 조금씩 늘려 고용량까지 투약한 뒤에도 호전을 보이지 않았다. 가족이 트라우마로 조현병이 발생한 것은 아닌지 걱정하기에 그럴 가능성은 없다고 안심시켜드렸다. 그렇지만 약물치료로도, 상담으로도 증상이 조절되지 않자 의사인 나 자신도 조바심이 나기 시작했다. 다행히 두 달 후부터 피해망상은 차츰 줄어들었다. 하지만 약물치료의 시점과 경과를 고려했을 때, 증상의 호전이 조현병 약물 때문이라는 생각은 들지 않았다.

군 병원에서 오래 일하다보니 다른 병원에서는 접하기 어려운 총상 환자를 몇 분 만난 적이 있다. 진료했던 환자 가운데 절반은 또다시 유사한 피해를 당할 것이라는 강한 믿음, 즉 피해망상을 보였다. 진영씨처럼 극단적인 반응이 아니더라도 범죄 피해자들은 또다시 범죄 피해를 겪을지 모른다는 두려움에 떤다. 현실적으로 병원에서 총에 맞을 리는 없으니 진영씨를 망상으로 진단할 수도 있는 반면, 일부 범죄 피해자는 실제로 범죄 피해에 다시 노출될 우려가 있다. 특히 가정폭력, 교제폭력처럼 피해자의 신분과 거주지 등이 노출되거나 신고 때문에 보복 범죄가 발생하리라 우려되는 처지라면, 피해자의 두려움은 트라우마로 인한 증상이라기보다 지극히 현실적인 공포로 볼 수 있다. 이런 상황이라면 심리치료보다 실질적인 안전을 확보하는 것이 더 중요하다. 피해자가 실제로 안전하다고 느껴야 심리치료도 효과를 거둘 수 있다. 그렇다면 과연 우리 사회는 범죄 피해자의 안전을 충분히 확보해주고 있을까?

범죄 피해 사건을 기억하지 못한다면 다행인 걸까?

피해 당시 뇌에 의식을 잃을 정도로 큰 충격이 가해지면 사건의 기억을 잃는다. 기존 의학계는 이러한 기억상실을 트라우마 상황에 대한 기억을 지움으로써 자기 자신을 보호하려는 긍정적인 반응으로 이해했다. 혹은 트라우마 사건을 기억하지 못하는 피해자가 PTSD 증상을 호소하면 꾀병을 의심하곤 했다. PTSD 진단의 주요 증상 가운데 하나가 트라우마에 대한 재경험, 즉 사건 당시의 기억을 계속해서 떠올리는 것인데, 사건 기억이 없는 피해자라면 재경험도 할 수 없다고 봤기 때문이다. 하지만 2008년 『뉴잉글랜드 의학 저널』에 실린, 외상성 뇌 손상으로 인한 의식상실에 대한 연구 논문이 통설을 뒤집었다. 이라크에 파병됐던 미군을 연구한 것인데, 의식상실을 동반한 트라우마를 겪은 장병은 그렇지 않은 장병에 비해 PTSD와 우울증의 유병률이 각각 43.9퍼센트, 22.9퍼센트 높아졌다. 여러 연구에 따르면, 강한 충격으로 손상되기 쉬운 뇌 부위와 PTSD와 관련된 뇌 부위는 상당히 겹친다(배외측 전전두피질, 안와전두피질, 해마). 범죄 피해뿐 아니라 교통사고 등 사고로 당시의 기억을 잃는다면 다행으로 여길 게 아니라, 오히려 정신건강에 대한 평가를 가능한 한 빨리 받아야 한다.

부산 돌려차기 사건의 피해자 김진주씨는 범죄 피해 회복과 그이후의 투쟁을 기록한 저서 『싸울게요, 안 죽었으니까』에서 기억상실을 논한다. 뇌출혈이 생길 정도로 심한 폭행을 당하면서 그녀는 기억을 송두리째 잃었다. 이 책에서 한 가지만 짚고 넘어가자면, 그녀는 '다행히 기억을 잃어서' 쉽게 회복한 게 아니다. '심한 후유증이 남을 수밖에 없을 정도로 커다란 뇌 손상을 입었음에도' 트라우마에서 회복한 것이다. 그녀의 기념비적인 투쟁 활동, 범죄 피해자의 권리 및 회복을 위한 다양한 활동과 함께 피해자들이 주목해야 하는 곳은 바로 그 지점이다. '당신도 충분히 회복될 수 있다.'

눌러놓은 상처와 불안, 해리를 겪는 사람들

어느 무더운 여름, 가까운 지인이 보경씨 집에서 강도를 시도하다 불발되자 집에 불을 지르는 사건을 겪는 바람에 보경씨는 스마일센터의 임시 숙소*에 머물게 되었다. 사건 초기 스마일 센터에 찾아온 범죄 피해자들은 사건의 특징 혹은 나이 등과 관계없이 불안과 놀람, 경악 등 급성 불안 증상을 나타내곤 한다. 직원들은 피해 직후 센터에 온 보경씨 또한 아직 충격에서 벗어나지 못해 불안정한 상태일 수 있다고 보고, 그가 도착하기 전 지원할 부분과 입소 시설을 다시 한번 점검하며 만반의 준비를 했다. 그런데 오다가 길을 잃었다며 몇십 분 늦게 도착한 보경씨의 모습에 우리는 의

---

* 스마일센터는 범죄 행위로 인해 자신의 거주지에 머물 수 없는 피해자들을 돕고자 단기간 주거 공간을 제공한다.

아함을 느끼기 시작했다. 가까운 사람에게 배신당하고, 소중한 집이 파괴되어 돌아갈 수 없게 된 상황에서도 그의 태도가 매우 차분했기 때문이다. 여름 한낮에 길까지 잃었던 탓인지 땀에 흠뻑 젖어 있긴 했지만, 표정만큼은 잔잔한 호수처럼 온화했다.

첫인상만 그런 것이 아니었다. 센터와 임시 숙소 이용을 안내할 때도 그는 조용히 듣기만 했다. 아무리 조심스레 차근차근 안내해도, 증상이나 혼란으로 인해 여러 번 되묻거나 재확인하는 대다수의 내담자와는 확연히 다른 태도였다. 보경씨는 초기 평가를 위한 간단한 신상 확인뿐 아니라 외상 증상에 대한 질문에도 느리지만 차분하고 변함없는 목소리로 답변했다. 그의 얼굴에는 긴장이나 충격이 전혀 드러나지 않았다. 입소 준비는 마음을 달래주거나 질문을 주고받을 필요도 없이 빠르게 이뤄졌다. 덕분에 시간에 쫓겼던 담당 직원은 저녁 식사 준비 시간에 맞춰 당직자에게 업무 인계를 할 수 있었다. 하지만 이 일에 오래 몸담아온 직원들은 이 의아한 상황이 마냥 다행스럽게 느껴지진 않는다며 고개를 갸웃했다. 나 역시 당직자에게 주의를 늦춰서는 안 될 것 같다고 당부했다. 우리 모두 이 고요가 자연스럽지 않다는 직감을, 폭풍 속의 고요라는 직감을 느꼈던 것이다.

아니나 다를까, 입소 첫 주 조용히 일상을 잘 꾸리는 듯 보였던 보경씨는 어느 날 지인의 안부 전화를 받은 뒤 오열하며 비명을 지르기 시작했다. 보경씨는 지인의 목소리조차 견딜 수 없다며 전화기를 던지고 발로 밟았다. 그러고도 진정이 안 돼 입소실 내의 물건을 던지기 시작했다. 스마일센터는 범죄 피해자를 지원하기 위한 공간인 만큼 다양한 변수를 고려해 기본적인 안전 대책을 마련해두고 있다. 그렇더라도 이런 돌발 행동의 앞뒤 상황을 파악하기란 어려운 일일 수밖에 없었다. 다행히 직원들의 대처로 곧 안정되었지만, 스스로도 당혹스러워하는 보경씨에게 사건의 내막과 전후 상황을 듣기까지는 꽤 오랜 시간이 걸렸다.

어느 순간부터 아무것도 느껴지지 않아서 좋아진 줄 알았어요

상담실로 자리를 옮겨 안정화 처치를 받은 보경씨는 눈물만 주룩주룩 흘렸다. 한참을 말없이 앉아 있더니 곧 치료자에게 미안하다는 내색을 했다.

"사실…… 사건이 잘 기억나지 않아요. 심각한 싸움과 협박이 있었다던데, 그 사람이 저한테 소리 지르던 장면도 띄엄띄엄, 마치 화면에서 음소거 버튼을 누른 것처럼 표정만 떠오르다 사라져요. 집이 엉망이 된 걸 보고 충격받긴 했지만, 기억도 안 나는 일로 힘들기는 어렵잖아요? 친구들이나 경찰분들도 제 걱정을 너무 하면서 쉬어야 한다는데, 전 사실 그 사람들이 오버하는 거 같아 이상했어요. 오히려 마음이 좀 편한 것도 같고······ 아무리 떠올리려고 해도 생각나는 게 없어 조금 걱정되긴 했지만 솔직히 지금 상태가 그렇게 힘들지는 않거든요. 어떤 면에서는 더 낫다고 생각했어요. 경찰한테 제대로 진술을 못 하니 미안하긴 했지만요. 아마 경찰서에서 저를 이상한 사람이라고 생각했을 거 같아요. 거짓말한다고 의심했을 수도 있고요."

보경씨의 말은 속삭이듯 이어졌다. 집과 비슷한 구조로 준비된 센터의 임시 숙소가 오히려 보경씨의 충격을 되살린 건 아닐까, 나는 걱정되기 시작했다. 그런 내 고민을 눈치라도 챈 듯 보경씨는 이어서 말했다.

"저는 제가 아까처럼 소리 지를 수 있는 사람이라고는 생각해본 적도 없는데······. 다들 놀라셨죠? 소란 피워 죄송해요."

그런 보경씨의 표정을 보며 나는 알 수 있었다. 지나칠 정도로 차분한 그의 모습은, 실제 내면을 반영한 것이 아니라 중복되어온 과거의 트라우마에서 비롯된 증상이라는 것을. 대로변에 있는 센터를 찾지 못해 길을 잃었던 것도, 너무나 온화하고 안정돼 보이던 것도, 안내를 들으며 신중하게 대답하는 것 같지만 실은 한 박자씩 늦게 대답하던 모습까지도 모두 해리 증상이었다는 것을.

'해리Dissociation'는 심각한 트라우마 상황에서 우리 뇌가 스스로를 보호하기 위해 외부 자극과 신호를 차단하는 현상이다. 트라우마 이후 전반적인 집중력이 떨어지는 것과 비슷해 보일 수 있지만, 해리 현상은 주로 일상생활에서 자신도 모르게 사건과 관련된 자극을 받거나 스트레스를 받을 때 발생한다. 문제는 해리 증상이 어렸을 때부터 장기간 지속되어왔다면 스스로 증상을 깨닫지 못하고, 증상 또한 미묘하게 현실감각이 떨어지는 정도로만 나타날 수 있다는 것이다. 아동학대나 가정폭력처럼 복합적인 트라우마를 겪었을 때 보통 그렇다. 경험 많은 치료자가 아니라면 환자의 해리 현상을 눈치채지 못하기도 한다. 해리에 빠지면 고통스러운 상황에 직면해도 괴로움을 잘 못 느끼니 오히려 장점처럼 생각될 수도 있다. 보경씨가 그랬듯이 말이다. 그러나 이런 현상은 일상으로 번져, 평범한 생활에 필요한 각성과 외부와의 상호작용까지 모두 엉클어뜨릴 수 있다.

가정폭력이나 아동학대처럼 끔찍하면서도 일상적인 폭력에 노출된 사람들은 이러한 해리에 생활 전반을 지배받는다. 운전 중 해리 상태가 되어 사고 위험이 높아지기도 하고, 학생이라면 수업에 집중하지 못해 갑자기 성적이 떨어지기도 한다. 다른 사람들과 대화할 때 딴청을 피운다고 오해를 살 수도 있다. 이들은 바로 이 '해리' 증상 때문에 치료를 거부하기도 한다. 치료로 인해 기억이나 통증이 돌아오면, 그 거대한 공포와 괴로움을 감당할 자신이 없다는 것이다. 그러다보니 안 보면 그만 아니냐며, 덮어두고 눌러둔 채로 살면 안 되냐며 치료를 거부하는 분들을 종종 접한다.

보경씨처럼 두려움을 토로하는 피해자들을 보면 치료자인 우리

도 그에 동조하고 싶어진다. 하지만 이때 치료자는 마음을 다잡는
다. 과거의 상처는 관리하지 않으면 절대 없어지거나 좋아지지 않
기 때문이다. 눈에 보이지 않게 됐다고, 종종 느끼지 못한다고 해
서 상처가 사라지는 게 아니다. 외상의 불길과 비슷한 실루엣만
나타나도 다시 해리의 불꽃이 튀며 일상을 마비시키고, 그 반작용
으로 눌러왔던 모든 감정과 상처와 고통이 한꺼번에 터져나올 수
있다. 특히 보경씨가 보였던 증상의 폭격처럼, 예측 불가능할 때
생활에 더 큰 걸림돌이 된다.

반작용은 누를수록 더 커진다

보경씨의 해리 증상은 길을 잃거나, 약속을 놓치거나, 빠릿빠릿
하게 반응하지 못하는 것이었다. 무슨 일에든 시간이 좀더 걸린다
는 점에서 약간 불편감은 있지만 특별히 문제가 되지는 않는 듯했
다. 주변의 걱정과는 달리 그는 큰 스트레스 없이 일할 수 있었고,
감정에 휩쓸려 괴로워하는 일 없이 일상을 꾸려나갔다. 문제는 머
릿속에 구름이 낀 듯, 꿈속 같은 느낌으로 사는 시간이 점점 더 길
어진다는 것이었다. 그리고 치료를 하던 중 이런 성향이 이번 사
건 전에도 있었다는 사실이 밝혀졌다. 단지 이 일로 더 심해졌을
뿐이었다.

어릴 때 보경씨의 가정은 화목함과는 거리가 멀었다. 사고로 다쳐 일자리를 잃은 이후 알코올의존증이 심해진 아버지는 툭하면 집안 살림을 부수거나 손찌검을 했다. 막내였던 보경씨는 머리가 굵어 반항한다며 더 맞았던 손위 형제나 어머니보다는 덜 맞는 편이었지만, 술에 취한 아버지가 또 누군가를 때리고 물건을 망가뜨릴까봐 무서웠다. 공포에 떨며 지냈던 수많은 밤이 보경씨의 뇌를 바꿔놓았다. 아버지의 고함과 함께 뭔가 큰소리가 들리기 시작하면 뇌는 그를 보호하기 위해 암막 커튼을 치듯 외부 자극을 차단했다. 멍해진 보경씨의 모습은 폭력 상황에 비명을 지르는 여느 가족들과는 달리 아버지의 신경을 거스르지 않아 보경씨를 어느 정도 보호해주었다. 하지만 갈수록 수업 시간뿐 아니라 친구들과의 대화 중에도 해리 상태에 빠져들었고, 이는 깊이 있는 관계를 맺는 데 방해가 되었다. 게다가 그런 모습은 다른 가족들이 겪고 있는 우울이나 불안과는 다르게 보경씨의 고유한 성격으로 치부되었다.

그렇게 눌러놓은 공포와 불안은 지난 상처를 헤집거나 재점화를 일으키는 상황에서 용수철처럼 튀어오른다. 이번 지인의 전화처럼 아주 사소하고 작아 보이는 신호에 억눌러놓았던 감정이 모두 튀어 올라 감당하지 못할 지경이 되기도 한다. 나 자신을 보호하기 위해 시작된 뇌의 보호 작용이 결국 내 일상생활을 망가트리는 것이다.

휴화산 같던 화구에서 용암이 터지듯, 눌러온 증상들이 터지게

했던 전화의 당사자는 한동안 연락을 끊고 지내던 보경씨 어머니였다. 평소 (해리 증상 때문에) 말을 잘 듣지 않는 아이가 다루기 힘들어서였을까, 클수록 남편을 닮아가는 외모가 미워서였을까. 남편이 없는 시간이면 어머니는 남편이 지난밤 퍼부었던 폭언과 폭행을 보경씨에게로 옮겼다. 보경씨는 멍한 상태로 엄마의 구타를 받아냈다. 그럴수록 아버지의 폭력을 보는 것도, 엄마가 실제로 매질을 하는 것도 아프게 느껴지지 않게 되었다고 했다. 하지만 아버지가 사망한 후 보경씨는 가족 모두와 연락을 끊었다. 가족이 원래 없는 것처럼 사는 게 어느 순간 너무 익숙해졌고, 아무도 보고 싶지 않고 연락을 받고 싶지도 않았다고 한다. 사건의 소식을 듣고 놀란 어머니가 안부 차 연락하기 전까지는 말이다.

치료 시간에 보경씨는 잊고 있던 어머니의 목소리를 듣자마자 과거의 고통과 불안, 애써 무시했던 신체적 통증들이 마치 지금 일어나는 일인 듯 생생하게 되살아났다고 했다. 그는 아무 고통을 못 느끼던 원래의 자신(이라고 생각했던 모습)으로 돌아가고 싶다고 했다. 그러면서도 이미 알고 있다고 했다. 그런 자신으로 돌아가더라도, 기회만 되면 이번의 감정 폭발과 같은 일이 또 벌어지리라는 사실을.

해리에서 벗어나기 위한 팁

—

불이 난 자리, 불에 덴 상처는 그만큼 잘 돌봐주어야 한다. 화마가 휩쓸고 간 뒤 그 휑한 자리와 수습할 것들을 챙기는 건 물론 고통스러운 일이지만, 언제까지나 방치해둘 수는 없다. 잔해와 흔적을 뇌 속 깊은 곳으로 치워둔 뒤 그 근처도 쳐다보지 않고 지내면 당장은 편할 수 있다. 하지만 그 불길과 잔해가 영원히 사라질 순 없다. 애초에 '해리'라는 증상 자체도 정상적으로 다루기 어려울 만큼 충격을 받고 그것을 원래 기억 영역이 아닌 다른 곳에 숨겨놓았기 때문에 일어나는 것이다. 이러한 사건이 많으면 많을수록, 겪은 나이가 어리면 어릴수록, 뇌의 미숙한 대응은 여기저기 지뢰를 숨겨놓고 술래잡기를 하는 듯한 임기응변이 될 수밖에 없다. 그렇다고 혼자서 섣불리 불난 자리를 헤집어 확인하다가는 불난 뇌에 기름을 붓게 될 수도 있다.

그러면 어떻게 하냐고? 걱정하지 마라. 해리 현상이 이토록 명확하게 밝혀진 것은, 헌신적인 연구자와 트라우마 생존자들이 기울여온 노력이 쌓이고 쌓여 맺어진 결실이다. 해리 상태는 과도한 고통을 느끼지 않도록 잠시 마취된 상태, 조각난 가상현실 같은 삶일 뿐이다. 영원한 마취는 존재하지 않는다. 비정상적인 마취에서 벗어나 천천히 삶으로 돌아오다보면 나보다 앞서 걸으며 길을 만들어내고 찾아낸 생존자들이 있고, 곁에서 길을 잃지 않게 도와줄 전문가들이 있다. 치료자와 함께하면 어떤 때에 내가 해리에 빠지기 쉬운지 알 수 있다. 해리 현상이 내게는 어떤 형태로 나타나는지, 그로 인해 그동안 무엇을 희생하고 있었으며 어떻게 해야 지나친 통증 없이 현실로 나아갈 수 있는지도 알 수 있다. 나를 보호하느라 만들어졌지만 이제는 방해만 되던 암막을 걷어내고 진정한 내 삶을 찾을 수 있다.

여기저기 지뢰가 터지는 전장 같은 삶을 담담히 살펴보면서도 여기까지 살아온 자신을 대단하게 여기길 바란다. 나는 이 화마의, 전쟁터의, 진정한 생존자니까.

마음에도 응급처치가 필요하다

스물여섯 살 은경씨는 헤어진 남자친구의 스토킹 때문에 불안이 극에 달한 상태로 스마일센터에 왔다. 3개월 전쯤 중소기업에 다니던 전 남자친구가 상사와의 불화로 회사를 그만두면서 매일 술을 마시기 시작한 게 화근이었다. 남자친구는 술만 마셨다 하면 화를 참지 못하고 욕설을 하며 집 안의 물건을 집어던졌다. 하지만 이튿날 술이 깨면 사과하면서 본인의 사정을 이해해달라고 토로하는 바람에 마음이 약해져 계속 만나고 있었다. 그러던 어느 날, 남자친구의 행패를 참다못한 은경씨가 그동안 억눌러왔던 화를 터뜨렸다. 그러자 남자친구는 은경씨를 향해 술잔을 던지고 얼굴을 주먹으로 때리며 온몸에 상해를 입혔다. 은경씨도 더는 참지 않고 헤어지자고 말했다.

이날 이후 전 남자친구는 은경씨 집 앞을 몇 시간씩 서성이며 집요하게 연락해왔다. 은경씨가 전화 수신과 카톡을 차단하자 발

신자 표시 제한으로 전화를 수백 통 해댔다. 심지어 은경씨 계좌로 소액을 송금하면서 메시지를 적어 보내기 시작했는데, '다시 만나자' '내가 잘하겠다' 등 애걸을 하다가도 욕설을 하며 죽이겠다는 협박을 가하기 일쑤였다. 이 일이 있고부터 악몽이 시작됐다. 휴대폰 소리만 나도 깜짝깜짝 놀라고 극도의 불안과 두려움에 밤잠을 설쳤다. 퇴근길에는 전 남자친구가 집 앞에서 기다리고 있을지도 모른다는 불안감에 휴대폰을 꽉 붙들고 주변을 살피면서 귀가하곤 했다.

눈 주위가 검게 가라앉은 채로 상담실에 들어온 은경씨의 첫 마디는 이랬다.

"더는 집이 안전하게 느껴지지 않아요. 잠을 자기도 무섭고요, 이사 갈 형편이 안 되는데 그 사람이 언제 문을 두드릴지 몰라 마음을 놓을 수가 없어요."

가장 안전하고 편안해야 할 집이 공포의 공간으로 뒤바뀐 것이다. 은경씨는 이 일이 있고 며칠 후 결국 집을 나와 친구 집에 잠시 머물고 있었다. 함께 지내는 친구가 용기를 주어 경찰에 신고했고, 담당 경찰관을 통해 처음으로 스마일센터를 알게 되었다고 했다.

최근 스토킹 범죄로 상담하러 오는 분들이 부쩍 늘고 있다. 20대 젊은 연인 사이에서 주로 발생하는데, 경찰에 신고하기 전까지 5대 강력범죄에 해당된다는 사실을 알지 못하는 사람이 많다. 스토킹 사건은 주거지를 알고 있는 가까운 관계에서 발생하는 게 대부분이기에 피해자들은 원래 살던 집에서 지내기를 두려워한다. 이런 분들을 위해 스마일센터는 단기간 임시 거주지를 제공한다. 은경씨도 2주간 지내면서 심리상담을 받기로 했다.

지극히 정상입니다

센터에 오면 먼저 초기 면담으로 증상을 체크한다. 이때 증상을 스스로 잘 설명하는 사람도 있지만, 그렇지 못한 사람도 많아서 간단한 심리검사로 우울, 불안, 외상후스트레스 장애 정도를 파악하곤 한다. 그중 다수가 치료를 필요로 하는 수준 이상의 증상을 보이는데 은경씨도 마찬가지였다. 특히 불안과 과각성 증상이 두드러졌다. 과각성은 신경이 예민해지는 것이다. 작은 소리에도 깜짝깜짝 놀라고 몸이 긴장하면서 초조함, 걱정, 두려움과 함께 신경이 예민해지는데, 불면과 우울이 동반되곤 한다.

"문을 잠그고 있어도 누가 갑자기 집에 들어올 것만 같아서 예민해지고 현관 밖 소리에 귀를 기울이게 돼요. TV를 보다가도 그 사람이 오면 어쩌나 싶어서 볼륨을 낮추게 되고요. 밤에 잠을 자려 해도 정신이 말짱해지면서 온갖 생각이 떠나질 않아요. 이러다 미치는 거 아닌가 걱정됩니다. 저, 정상 맞나요?"

이는 트라우마 초기에 매우 흔한 증상이다. 비정상적인 증상이 아니라, 비정상인 사건을 경험한 사람들이 보일 수 있는 정상적인 반응이다. 물론 초기 반응은 개인마다 다르다. 어떤 분은 극도의 불안과 긴장 때문에 일상을 유지하기도 힘든 상태로 오지만, 또 다른 분은 덤덤해 보이기도 한다. 물론 겉보기에 그렇다고 해서 그 고통이 불안을 호소하는 분보다 덜한 것은 아닐 수 있다. 같은 피해를 입었더라도 고통을 대하는 태도나 문제를 해결하려는 방법은 모두 다르기 때문이다. 기억할 점은 이 모두가 정상이라는 것이다.

여기서 '정상'은 고통이 없음을 의미하는 게 아니다. 지금 내가 느끼는 이 감정이, 유사한 경험을 했다면 누구나 비슷하게 느낄 만한 고통이라는 점에서 정상이라는 것이다. 전문가와 비전문가의 차이는 바로 이 '정상적인 고통'을 구별해낼 수 있다는 데 있다. 어딘가 아픈데 원인을 모르겠고, 혹시 큰 병은 아닐까 싶어 병원을 방문해본 적이 있다면 알 것이다. "괜찮아요. 별거 아니니까 약 좀 드시고 며칠 지나면 나을 거예요"라는 의사의 말 한마디를 듣자마자 통증이 가라앉는 것 같다. 내가 겪고 있는 이 증상이 죽을병이 아니며 영원히 계속될 것도 아니고, 언젠가는 높은 확률로 사라지리라는 사실을 아는 것만으로도 고통의 절반은 치유되는 것이다.

상담은 이러한 증상들이 비정상이 아니라는 점과 이를 다루는 방법을 알려주는 데서 시작된다. 트라우마 전문가들은 이를 '심리적 응급처치'라고 하는데, 트라우마 발생 초기에 효과가 있다.

마음의 응급처치

흔히 응급처치라고 하면 상처 부위를 소독하고 일회용 밴드를 붙이는 과정을 떠올린다. 단순한 처치지만 상처 부위에 2차 감염이 생기지 않도록 보호하는 역할을 한다. 심각한 상해로 응급실에 실려간다 해도 처음에는 상처 부위를 소독하고 봉하는 처치를 하는 게 보통이다. 초기 처치를 잘하면 흉터를 방지할 수 있듯이 심리적 응급처치를 잘해두면 마음에 흉터가 남더라도 받아들일 만한 수준이 될 수 있다. 갑작스러운 트라우마 경험 직후 무엇이 마음의 밴드 역할을 해줄 수 있을까? 이때는 복잡한 사고가 어려워진다. 그렇기에 언어를 매개로 하는 심리치료를 바로 시작하기는 쉽지 않다. 그보다는 몸을 살피고 일상의 리듬을 되찾도록 노력하는 게 우선이다.

은경씨는 과각성 증상이 심했기에 이를 다루는 간단한 안정화 기법을 함께 연습해봤는데, 상당한 효과가 있었다. 여러 안정화 기법 중 가장 쉽고 시공간의 제약이 없는 것은 호흡법과 나비포옹법이다. 걱정거리가 있을 때면 자신도 모르게 '후' 하고 한숨을 내뱉게 된다. 사실 한숨에는 긴장을 완화하는 효과가 있다. 호흡법이란 이 한숨을 조금 정성 들여 의식적으로 반복해서 내뱉는 것이다. 숨을 코로 길게 들이마신 뒤 마치 풍선을 불듯 천천히 후 하고 내뱉는다. 이를 '심호흡법'이라고 한다. 핵심은 모든 신경을 이 숨에 집중하는 것이다. 보통 한숨을 쉴 때 우리의 생각은 숨에 있지 않고 머릿속 걱정에 머문다. 심호흡법은 신경을 오로지 숨에 집중한다는 점에서 다르다. '나비포옹법'은 내가 나를 안아주듯 두 팔을 교차시켜 양쪽 어깨 위에 두고 양손을 번갈아가면서 토닥거리는 것이다. 마치 나비가 날갯짓하듯이 반복한다고 해서 이런 이름이 붙었다. 이때 "괜찮아, 괜찮아, 괜찮아질 거야"를 스스로에게 암시하듯 중얼거려도 좋다. 이런 안정화 기법은 과각성 증상에 큰 도움이 된다. 은경씨는 자신의 증상이 정상적인 스트레스 반응이며 간단한 기법으로 얼마간 조절된다는 것을 배우면서 점차 과각성 증상을 다룰 수 있게 되었다.

은경씨는 심리상담과 법률 자문도 받기로 했다. 범죄 피해를 입은 분들은 심리적 고통도 크지만 당장 눈앞에 놓인 법적인 문제에 부담감과 두려움을 느낀다. 은경씨도 신고 직후에는 경찰이 자신을 보호해주리라 기대하며 잠시 안도했다. 그러나 곧 여러 걱정이 휘몰아쳤다. 경찰에 신고하긴 했지만 이후 남자친구가 어떻게 나올지, 재판은 어떻게 진행될지, 살던 집에서 다시 살 수 있을지 등 걱정거리는 계속 나왔다. 다행히 센터에서 법률 홈닥터*를 연계해준 덕에 은경씨는 변호사 상담을 받고 재판 과정을 이해하면서 점차 안정을 되찾아갔다.

2주 후 퇴소하면서 은경씨는 이렇게 말했다.

---

* 법적 도움을 받기 어려운 취약 계층을 대상으로 법률 복지 서비스를 제공하는 법무부 소속 변호사.

"제 증상과 문제들을 어떻게 해결하면 될지 어느 정도 보이는 것 같아요."

은경씨는 퇴소 후에도 3개월 정도 센터에서 상담을 받았다. 이후 아직 재판이 남아 있지만 스스로 정리할 수 있을 것 같다며 상담 종료를 희망했다.

심리학에서는 도움을 요청하는 것을 개인의 중요한 능력으로 본다. 나약한 행동이라고 오해할 수 있지만 심리학적으로 볼 때는 오히려 반대다. 이런 요청 능력은 위기를 헤쳐나가는 데 굉장히 중요하다. 사람들은 보통 트라우마로부터 회복할 수 있는 개인적 자원을 이미 가지고 있다. 하지만 극도의 불안이나 공포, 두려움의 지배를 받는 순간 머리와 마음이 정지되고, 혼자 할 수 있었던 일들도 엄두가 나지 않는다. 바로 이때 전문가의 도움이 필요한 것이다.

초기의 응급처치는 대단한 기술이나 방법을 사용하지 않는다. 그저 각자의 고유한 자원이 다시 잘 작동하도록 만드는 게 최선이다. 혼자서 뭘 어떻게 해야 할지 모르겠다면, 예전에 감정을 조절하는 데 도움이 됐던 작은 일을 떠올려 시도해보는 것도 좋다.

고통을 약화시키기 위한 팁

—

트라우마의 고통을 약화시키는 일차적인 방법은 그 고통이 정상적인 통증임을 받아들이는 것이다. 먹구름처럼 모호하던 문제를 아는 문제로 변신시키는 것이다. 무엇이 문제이고 그 문제를 어떻게 해결할 수 있는지 알게 되면, 견딜 수 없을 것 같던 고통은 다룰 수 있는 통증이 된다.

아는 것과 별개로 몸은 내 마음대로 조절하기 어렵다. 이럴 때 사용해볼 수 있는 응급처치 방법으로 크게 두 유형이 있는데, 어떤 것을 적용할지는 트라우마 이후의 반응에 따라 나뉜다. 불안과 과각성 증상이 있다면 호흡법이나 근육 이완법을 통해 각성 수준을 낮춰줘야 한다. 각성과 이완은 양립 불가능한 현상이라, 자신의 신체를 스스로 이완하고 통제하는 걸 연습하면 각성을 낮추는 데 도움이 된다.

반대로 멍하고 감정이 마비된 듯한 느낌이 든다면 이는 저각성 상태라는 신호다. 저각성은 주변에서 알아차리기 어려워 간과되기 쉬운데, 극심한 저각성은 해리를 유발할 수 있으니 주의를 기울여야 한다. 이때는 각성 수준을 높여주는 처치가 필요하다. 대표적으로 오감을 활용해 뇌의 각성 수준을 높이는 '그라운딩 Grounding '이 있다. '그라운딩'이라는 말은 공학 분야에서 '접지' 라는 의미로 사용되기도 하는데, 여기서는 우리 몸의 전기 신호를 지구와 맞닿게 한다는 의미다. 흔히 알려진 '맨발로 황톳길 걷기'가 바로 촉감에 기반한 그라운딩 기법이다. 시각을 활용한다면, 자리에 앉아 주위를 둘러보게 한 뒤 '지금 눈에 보이는 색깔 다섯 가지만 말해보세요'라고 물어볼 수 있다. 외부에서 진행한다면 하늘을 쳐다보게 하거나 녹색, 푸른색 같은 자연의 색을 느낄 수 있게 도와주어도 좋다. 세상과 분리돼 각성이 저하된 우리의 몸을 다시 세상과 접촉시키면 각성 수준이 정상으로 돌아올 수 있다.

인간의 평균 체온이 36.5도이듯, 각성 수준도 과하거나 부족하지 않은 상태를 유지해야 평정심을 유지할 수 있다. 트라우마는 이 각성을 마구 흔들어놓는다. 이에 개입하는 것은 안정을 찾는 데 도움이 되며, 갑작스레 불이 난 마음에 밴드 역할을 해줄 수 있다.

잔불

— 트라우마에 압도되다

01

집중력 부족,
뇌도 위장처럼 체한다

이제 막 차장이 된 채린씨는 유례없는 초고속 승진이라며 축하를 받을수록 가슴속에 돌덩이가 하나씩 얹히는 듯했다. 너무 좋은 일이라 당황한 것이라기에는 불편함이 지나쳤다. 하지만 도무지 그 정체를 알 수 없어 하루하루 당황스러움이 커져갔다. 그러던 어느 날, 외국에 살고 있어 연락할 일이 거의 없던 오빠로부터 축하 전화가 왔다. 오랜만에 오빠의 목소리를 듣는 순간, 그녀는 그 이상한 불편함의 정체를 알아차렸다.

"소식 들었어. 부모님이 너무 기뻐하시더라."

축하 인사와 함께 손위 형제의 소소한 잔소리를 들으며, 채린씨는 어른들로부터 머리는 좋은데 일이 참 안 풀린다며 혀 차는 소리를 들었던 과거가 떠올랐다. 한동안 잊고 있었던, 잦은 실수로 일을 망치던 습관이 어렵게 올라간 자리에 족쇄가 될까봐 두려웠던

게 불편한 감정의 원인이었던 것이다. 일반 사원일 때는 맡은 일
도 사소하고 상사의 감독과 동기들의 협력이 있으니 실수하더라
도 크게 문제 될 일은 없었다. 하지만 이제 책임이 커지자 자신의
실수가 큰 문제로 번질까봐 심한 불안을 느꼈다.

채린씨는 이런 자신의 성향이 요즘 직장인들 사이에서 유행처
럼 이야기되는 '성인 ADHD Attention Deficit-Hyperactivity Disorder' 같다는
생각으로 병원을 찾았다. 그런데 병원에서는 이상하게도 ADHD
검사 외에 여러 검사를 진행했다. 그러고는 당장 진단을 내리는
대신 추가 면담을 하자고 했다. 집중력 높이는 약만 처방받으면
모든 게 해결되리라 생각했는데. 괜한 조바심으로 돈만 밝히는 병
원에 잘못 온 건 아닐까 의심하던 순간 의사의 질문 하나에 말문이
막히고 말았다.

"언제부터 이렇게 집중력이 떨어진다고 느끼셨어요?"

이때 간신히 눌러놓았던 기억들이 조각조각 올라오기 시작했
다. 그녀의 표정을 조심스레 살피던 의사가 다시 조용히 물었다.

"이전에 충격적인 일을 겪은 적이 있어요? 그 뒤로 집중력이 전
과 달라졌다고 느꼈나요?"

뇌도 위장처럼 체하고 탈이 난다

오빠의 전화가 그렇게 커다란 자극으로 느껴진 데는 잔소리 외에 다른 이유도 있었다. 어린 시절 채린씨의 오빠는 본인보다 머리가 좋아 보이는 여동생을 경쟁 상대로 여겨 싫어했다. 무조건 아들이 잘되어야 한다는 분위기가 강한 집안이었던 만큼, 언어 감각이 또래보다 좋았던 동생과 매번 비교를 당했던 탓인지도 모른다. 어느 순간 오빠는 어른들이 보지 않을 때 여동생을 때리고 괴롭히기 시작했다. 처음에는 짓궂은 정도였지만, 점점 수위가 높아지더니 멍이 들 정도의 주먹질이나 발길질이 반복되었다. 그런 행동은 특히 시험 기간에 심해졌다. 채린씨의 행동 하나하나가 폭력의 구실이 되었다. 공부하는 데 방해되게 문을 시끄럽게 닫아서, 중요한 단어를 외우는 중에 신경 쓰이게 해서, 물을 가져오라 했는데 빨리 안 갖다줘서……

중고등학생 시절 오빠는 이미 어른 체격이었기에 아이들끼리의 장난이라고만 여기던 부모의 눈에도 결국 이런 행동들이 드러나기 시작했다. 하지만 부모는 아들이 시험 기간에 예민해져서 그러려니, 또는 사춘기라서 그러려니 했다. 오히려 채린씨에게 참고 오빠에게 더 잘하라고 했다. 결국 채린씨는 집에서 말수가 적어졌고, 오빠 앞에서는 공부하는 티를 내거나 잘 나온 성적표를 보여주지 않았다. 나중에는 굳이 숨기지 않아도 이해 못 할 실수가 잦아지면서 성적이 떨어졌다. 채린씨는 오빠의 성미를 안 건드리게 되니 차라리 다행이라는 생각이 들었다고 했다.

뇌는 외부에서 들어온 자극을 적극적으로 소화해내는 기관이다. 짧은 순간에 너무 많은 자극을 받거나 나이에 비해 지나친 자극을 받으면 체하고 탈이 나기도 한다. 어린 채린씨의 뇌는 매일같이 일어나는, 소소해 보이지만 반복되는 폭력을 제대로 소화하지 못했다. 매일 한정된 용량으로 지나친 자극을 받아들여야 했던 뇌는 공부처럼 고도의 노력이 필요한 다른 일을 할 여유가 없었다. 그러다보니 아무리 머리가 좋아도 집중력을 잃고 실수를 할 수밖에 없었던 것이다.

엄청난 충격만이 뇌를 다치게 하는 것은 아니다

면담 중 오빠 얘기가 나오자 한참을 울던 채린씨가 물었다.

"그런데 알고 보면 부모님이 심하게 다투는 집도 있고, 돈 문제나 사건 사고로 저보다 더 힘든 시기를 보낸 친구들도 많던데요. 우리 집은 그래도 화목한 편이에요. 오빠랑 관련된 것 말고는 어른들이 잘 챙겨주셨고, 경제적으로 어려운 적도 없고…… 오빠가 무서워서 그렇지 부모님은 좋은 분들이시거든요. 다른 친구들보다 제 상황이 더 힘들다고는 생각 못 했어요. 트라우마라고 하면 전쟁이나 범죄 같은, 그런 큰일을 얘기하는 거 아닌가요?"

트라우마 이론에는 '빅 트라우마Big trauma'와 '스몰 트라우마Small trauma' 개념이 있다. 빅 트라우마는 단일 사건으로도 PTSD를 일으킬 수 있는 수준의 트라우마다. 진단 기준상 생명의 위협을 느낄 정도의 사건으로, 전쟁, 자연재해, 성폭력 등이 이 범주에 든다. 반면 스몰 트라우마는 생명을 위협하는 수준은 아니지만 개인의 심리적 적응 범위를 넘어서는 사건들이 반복되는 것이다. 스몰 트라우마라도 회복력 이상의 손상이 누적되면 트라우마 반응을 일으키고 질병 수준으로 악화될 수 있다. 예컨대 가까운 사람이나 키우던 동물을 잃는 것, 학교나 직장에서의 은근한 따돌림, 생명을 위협할 정도는 아닌 부상 등이 여기에 해당한다.

어린 시절 채린씨에게 반복된 오빠의 신체적 위협과 폭력도 스몰 트라우마라 할 수 있다. 가장 편안해야 할 가정 안에서 발생한 데다 어른들로부터 보호받지 못한 채 되풀이되면서, 상당한 트라우마 반응을 일으킬 정도로 누적되었기 때문이다. 그래서 오빠와 분리된 뒤로도 승진의 기쁨보다는 불안과 걱정을 더 느끼게 할 만큼의 파괴력을 보인 것이다. 채린씨는 뛰어난 인지 능력 덕분에 장기적인 집중력의 손해를 메우며 승진까지 할 수 있었다. 그러나 근본적인 상처의 치유 없이는 더 나아가기 어렵다. 이런 이야기를 하는 동안 그녀는 무척 괴로워했고, 더 생각하고 싶지 않으니 그냥 치료제를 달라면서 내게 매달렸다. 하지만 나는 이런 과정 없이

ADHD 약을 먹었다간 증상이 좋아지기는커녕 부작용만 겪을 수 있다고 설득했다.

결국 그녀는 어려운 결단을 내렸다. 오빠에게 다시 연락해 자신의 상처를 공개하고, 그동안의 고통을 전달한 것이다. 이제 둘 다 어른이 되었고, 더는 일어나지 않는 과거의 일이라는 걸 잘 알지만, 그 상처의 뿌리가 남아 그녀의 삶을 가로막고 있다고 말이다. 물론 이 대화를 시도하기 전 채린씨는 나와 충분히 이야기를 나누었다. 상처를 주었던 상대방이 사실 자체를 인정하지 않거나, 문제의 원인을 스몰 트라우마 경험자에게 뒤집어씌우거나, 괜히 과거 일을 들춰 집안 분위기를 흐린다며 다른 가족들마저 손가락질하는 사례가 많다는 걸 들으면서 마음의 준비를 했다.

오빠는 당황한 기색으로 전화를 끊었지만, 앞선 준비 덕분에 채린씨는 이러한 반응에도 크게 흔들리지 않을 수 있었다. 오빠는 며칠 뒤 채린씨에게 다시 전화를 걸어 사과했다. 자신이 그 시절 스트레스를 과도하게 퍼부어 힘들게 한 것 같다는 거였다.

"오빠가 사과해줘서 고맙긴 하지만, 사실 사과를 받기 전부터 이미 업무에서 실수가 많이 줄고 있었어요. 자신감도 되찾고 있었고요. 그런 회복은 오빠의 사과가 아니라, 제 실수들이 제 탓만은 아니라는 걸 깨달은 덕분인 것 같아요. 이런 고통스러운 과정 없이 약만으로도 집중력이 좋아지길 기대했지만…… 생각해보니 집중력이 높아진 것뿐만 아니라 이유 모를 불안감과 두통, 소화불량도 줄었어요. 그동안 제가 눈에 안 보이는 돌덩이들을 짊어지고 살아왔다는 걸 몰랐어요."

이후로도 채린씨는 업무가 과도하게 몰리거나 오빠와 어색하게 만날 때면 잠시 다시 불안이 올라오는 것을 느꼈다. 하지만 자신이 언제 스트레스를 받는지 알게 되면서 그런 감정을 잘 다뤄나가고 있다.

집중력을 회복하기 위한 팁

—

인간의 뇌는 멀티태스킹에 매우 약하다. 고도로 분화돼 기능이 아주 뛰어난 기관이지만, 한 번에 여러 가지를 처리하는 것은 불가능에 가깝다. 그렇기에 빅 트라우마나 스몰 트라우마를 겪은 사람들의 뇌는 그 정서적 충격을 처리하기에도 용량이 부족해진다. 특히 뇌가 발달 중인 아이들에게 이러한 상황이 반복되고 장기화되면 뇌 기능에 이상이 일어날 뿐 아니라 뇌의 구조마저 변형될 수 있다. 심리적인 고통 때문에 뇌를 과도하게 사용하고 있다면, 제아무리 머리가 좋은 사람이라도 공부를 잘하거나 고도의 집중력을 발휘하긴 어렵다는 얘기다.

반대로 뇌의 이 특성을 치료에 활용할 수도 있다. 몇몇 치료에서는 뇌에 다양한 인지적 자극을 동시에 주어 트라우마 기억에 과도하게 에너지가 쏠리는 것을 방해함으로써 개선 효과를 본다. 그 특성 때문에 증상이 생기기도 하지만, 이를 잘 활용하면 트라우마를 다룰 수도 있는 것이다. 꼭 전문적인 치료가 아니더라도, 좋아하는 일에 열정적으로 매달리거나 사람들과 깊이 있고 즐거운 대화를 나누다보면 속상했던 기분이 누그러지는 것을 많이들 경험해봤을 것이다. 물론 채린씨처럼 안 좋은 경험들이 장기간 지속되어 상당한 증상이 유발된 상태라면 개인의 노력만으로 회복되기는 어려울 수 있다. 그럴 때는 전문적인 치료자와 함께 증상으로 드러난 나의 뇌, 마음의 상태를 분석하여 도움을 받을 수 있다.

두려워하지 말자. 우리 뇌는 우리가 아는 만큼 우리에게 힘이 되어준다.

02

재경험,
트라우마 장면에 압도되다

20대 중반의 정아씨가 처음 입사한 직장은 여성이 거의 없는 곳이었다. 부서에서 정아씨가 유일한 여성이었다. 입사 1년 차 부서 회식 2차는 노래방에서 있었다. 이때 처음으로 상사에게 성추행을 당한 후 정아씨는 되도록 회식을 피했지만, 그럼에도 참석해야만 하는 회식이 있었다. 어쩔 수 없이 또 가게 된 노래방에서 상사가 옆자리로 옮겨와 접근했을 때 정아씨는 싫은 내색을 했지만 또다시 성추행을 당했다. 이를 목격한 주변 동료들도 분명 있었는데 상사를 말리는 사람은 없었다. 몇 차례 성추행이 반복된 후 정아씨는 이 일을 경찰에 신고했다. 하지만 정아씨를 도와준 사람은 아무도 없었다. 동료들의 목격 외에는 별다른 증거가 없었던 정아씨는 억울한 마음에 자살 시도를 한 후 응급실에서 정신건강의학과로 입원했다.

입원 초기에는 상담 자체가 난관이었다. 주치의로서 어떤 트라우마가 있었는지 알아야 했지만, 정아씨는 트라우마 사건에 압도된 나머지 이를 간단히 언급하는 것조차 어려워했다. 가족을 통해 대략의 상황만 들을 수 있을 뿐이었다. 트라우마와 관련된 이야기를 조금이라도 꺼내면 과호흡 증상이 나타났다. 증상이 급성일 때 도움이 될 수 있는 심호흡과 그라운딩 기법도 활용하기 힘들었다. 약물치료와 지지적 상담이 조금이라도 안정감을 주기를 기다리는 수밖에 없었다. 이런 이유로 주치의인데도 입원한 지 한 달이 다 되도록 실제로 어떤 트라우마를 겪었는지 알 수 없었다. 상황이 상황이니만큼 정체를 알아낸다고 해도 당장 치료가 달라지는 것이 아니고, 알려고 들면 환자가 더 괴로워할 뿐이라 좀더 기다렸다.

한 달이 지날 무렵부터 정아씨는 조금씩 트라우마에 대해 이야기할 수 있게 되었다. 정아씨는 입원 기간 내내 트라우마와 함께 지내고 있었다. 과거에 일어난 사건임에도 현재진행형으로 느껴, 과거의 시간을 계속 살고 있는 것이나 다름없었다. 떠올리기 싫은 트라우마 장면이 아이맥스 영화처럼 나타난다고 했다. 눈을 감아도 보이고, 머릿속을 떠나질 않고, 자면서도 악몽으로 나타나는 이미지와 소리들.

이러한 증상을 재경험 혹은 침습이라고 한다. 이는 PTSD 진단 기준에서 제일 먼저 제시되는 주요 증상이자 가장 흔한 증상이다. 트라우마와 관련된 생각과 이미지뿐 아니라 감정, 촉각, 냄새 같은 다른 신체감각까지 불쑥 떠올라 고통스러운 경험을 지속적이고도 반복적으로 겪게 된다. 영화나 드라마의 과거 회상 장면에서처럼 트라우마 사건이 현재 일어나고 있는 듯 생생하게 떠오른다. 이 현상을 '플래시백'이라고 한다. 소리와 냄새 등이 그때처럼 선연하게 느껴지며 당시의 공포와 불안감이 다시 밀려든다. 깨어 있을 때뿐 아니라 밤에도 악몽으로 나타난다. 뉴스나 드라마, 또는 일상생활에서 비슷한 자극에 노출될 때 불안과 분노 등 정서적인 반응과 두근거림, 떨림, 과호흡, 가슴 답답함 등 신체적인 반응이 나타나는 것 또한 재경험의 증상이다.

무엇이 재경험을 촉발하는가

재경험 증상은 특정 요인으로 악화될 수 있다. 버스 전복 사고를 당한 후 몸을 크게 다쳤던 경민씨는 약물치료와 상담을 받으면서 증상이 많이 완화돼 대학에도 잘 다니고 있었다. 1학기를 마치고 여름방학 기간에 오랜만에 진료실에 온 경민씨는 여름이 되자 재경험 증상이 악화됐다고 했다. 특별히 스트레스 받는 사건이 있었느냐고 물으니 산책할 때 풀밭에서 풀냄새가 나는데, 버스가 전복 했을 때 맡았던 풀냄새가 떠오르면서 재경험 증상이 생긴다는 것이었다.

경민씨처럼 촉발 요인이 무엇인지 알게 되면 그나마 낫다. 촉발 요인에 미리 대비할 수 있고, 노출되지 않도록 스스로 조절할 수 있기 때문이다. 하지만 촉발 요인이 모호한 사례도 있다. 특히 폭행이나 성폭력을 경험한 피해자들이 그렇다. 범죄가 발생한 장소나 시간, 가해자의 인상착의처럼 충분히 파악할 수 있는 촉발 요인으로는 설명되지 않는 증상이 의외로 많다. 증상이 아무 이유 없이 나타난다고 생각할 수도 있지만, 가능한 한 촉발 요인을 찾아보는 게 좋다. 이게 뚜렷하지 않으면 언제 증상이 나타날지 몰라 평소에도 긴장 상태로 지내거나 대부분의 상황을 회피하게 되어 일상생활을 유지하기 어렵다.

흔히 촉발 요인이라고 하면 시각 정보, 소리, 냄새, 시간, 장소 등을 떠올린다. 하지만 촉각이나 특정한 통증, 움직임이나 자세, 감정이나 생각, 행동까지도 범주에 들 수 있다. 특히 폭력이나 성폭력을 겪은 피해자라면 후자의 요인들을 충분히 탐색해야 한다. 촉발 요인이 밝혀지면 여기에 대비할 수 있고, 스스로 조절할 여지가 생기는 것만으로도 고통은 줄어들 수 있기 때문이다.

세월호 유가족인 성원씨는 동생을 떠나보내고 몇 년 후 나와 만났다. 참사 후 정신건강 평가와 상담을 통해 후유증이 심하다는 것은 알게 됐지만 치료받는 것은 꺼려져 후속 조치를 취하지 않았다. 다행히 대학을 잘 다녔고 얼마 뒤 군대에 입대했다. 하지만 그때부터가 문제였다. 자대 배치를 받은 뒤 성원씨가 걱정된 부대

간부가 그를 병원에 데리고 왔을 때, 그의 상태는 당장 입원 치료를 받아야 할 만큼 심각했다. 폐쇄병동에 입원한 뒤에는 증상이 많이 누그러져 2주 만에 개방병동으로 옮길 수 있었다. 개방병동에서도 일주일 동안 잘 지냈다. 그러던 성원씨는 어머니와 통화하던 중 갑자기 상태가 악화되어 다시 폐쇄병동으로 옮겨졌다. 긴장된 표정과 자세로 미루어 처음의 상태로 되돌아간 듯했다.

병동 간호장교들은 무엇 때문에 다시 악화됐는지 모르겠다고 했다. 나는 간호장교들에게 물었다.

"오늘이 며칠이죠?"

"4월 16일이요."

"무슨 날인지 아시죠?"

"아, 맞다……."

평소 잘 참고 이겨냈던 환자와 가족들도 참사 당일이 다가오자 예민해졌던 것이다. 결국 통화 중에 내뱉은 사소한 말 한마디가 서로의 상처를 악화시켰다. 며칠 후 환자는 다시 좋아졌고, 집으로 안전하게 돌아갈 수 있었다.

큰 트라우마일수록 사건이 일어났던 날이 돌아오면 재경험 증상이 악화되는 사람이 많다. 한 해 한 해 지날수록 본인 스스로 증상이 나타날 수 있다는 점을 깨닫고 그 시기가 다가오면 미리 대비하는 사람도 있다. 술 약속을 피하거나 집에 일찍 들어가며 예민해질 수 있는 상황을 피한다. 잠을 잘 잘 수 있도록 저녁에 산책을 하거나 자기 전에 반신욕을 하는 것도 좋은 방법이다.

트라우마를 정지시키고, 흑백으로 만들고, 축소시키고, 밀어버리고, 태워버리기

재경험이 심한 환자의 치료는 몹시 까다롭다. 안구운동 민감소실 및 재처리요법이나 지속노출치료처럼 치료 근거가 명확한 외상중심치료가 큰 도움이 되긴 하지만, 말 한마디 꺼내기 조심스러운 급성기 환자에게 적용하기란 쉽지 않다. 약물치료가 도움이 될 수도 있으나 필요할 때 재경험 증상을 스스로 조절할 수 있다는 통제감을 주기는 어렵다. 이럴 때 사용할 수 있는 기법 중 하나가 심상기반 외상치료로, 나는 이 기법을 2015년 한국형 재난 트라우마 치료기술 개발팀에 합류하면서 한양대 김대호 교수님께 배웠다. 이 치료법의 장점은 환자가 트라우마 사건을 자세히 이야기하지 않아도 된다는 점이다. 재경험 증상이 심해 대화도 어려웠던 정아씨에게 이 치료법의 기술 중 하나인 거리두기를 적용해보았다.

우선 이 기술에 대해 간단히 설명하고, 트라우마 사건에 대해 구체적으로 이야기할 필요는 없다고 안심을 시킨다. 그후 눈을 감고(꼭 감아야 하는 것은 아니다) 트라우마 기억이나 이미지를 하나 정하도록 한다. 정아씨는 회식 2차 자리에서 상사가 성추행한 장면으로 하겠다고 했다. 그 장면이 영화처럼 동영상인지, 아니면 사진처럼 정지 화면인지 묻는다. 대부분의 환자들처럼 정아씨도 동영상이라고 답했다. 그러면 정지 화면으로 바꿔보라고 말한다. 몇 초 뒤, 정아씨는 정지 화면으로 바뀌었다고 했다. 다음으로는 이미지가 컬러인지 흑백인지 묻는다. 정아씨는 컬러라고 했다. 마찬가지로 흑백으로 바꿔보라고 이야기한다. 정아씨가 흑백으로 바꾸었다고 했고, 나는 그 장면의 크기를 묻는다. 정아씨는 아이맥스 영화관처럼 크다고 답했다. 그러면 영화관의 스크린처럼 장면에 모서리 경계를 만들어보도록 한다. 그런 뒤 컴퓨터에서 그림의 크기를 축소하듯이 사진 크기, 혹은 명함 크기 정도로 서서히 줄여보라고 한다. 10여 초 뒤 정아씨는 사진 크기로 줄어들었다고 했다.

이미지를 다 줄였다면 이제 그로부터 거리를 둘 차례다. 줄어든 이미지를 멀리서 본다고 생각하면서 최대한 멀찍이 밀어보도록 한다. 길 건너편까지 밀 수 있다면 좋다. 몇 초 후 정아씨는 길 건너편까지 밀어서 작아진 사진이 안 보일 정도라고 했다. 이번에는 라이터로 그 사진을 태워보라고 한다. 정아씨는 사진을 태웠다고 했다. 마지막으로, 왼손 엄지 마디에 버튼이 있다고 생각하고 오른손 엄지 끝으로 누르면서 지금까지 진행한 거리두기 작업을 저장하도록 한다. 그리고 재경험 증상이 다시 나타날 때 오른손 엄지로 왼손 엄지 마디의 버튼을 누르면서 '정지 화면으로 바꾸기-흑백으로 바꾸기-이미지 크기 줄이기-멀리 밀어버리기-태워버리기'

순서로 직접 해보라고 안내한다.

정아씨는 무척 신기해했다. 재경험 이미지에 압도돼 어쩔 줄 모르다가, 이렇게 쉽고 간단하게 재경험 이미지를 조절하니 놀랍다고 했다. 그리고 실제로 재경험 증상이 나타날 때마다 거리두기 기법으로 조절할 수 있었다. 약간씩 차이가 있지만 대부분의 환자는 거리두기 기법을 쉽게 활용한다. 정지 화면 바꾸기, 흑백으로 바꾸기, 이미지 크기 줄이기는 잘되는 반면, 멀리 밀어버리기, 태워버리기를 어려워하는 이들이 간혹 있기는 하다. 그러나 그런 환자들도 트라우마 이미지를 정지 화면, 흑백 화면으로 바꾸고 이미지 크기를 줄이는 것만으로 만족해했다. 증상을 스스로 조절할 수 있다는 자신감이 치료의 시발점이 되기 때문이다.

재경험 증상을 다루기 위한 팁

—

안구운동 민감소실 및 재처리요법Eye Movement Desensitization and Re-processing. EMDR 이라는 이름부터 희한한 치료가 있다. 실제 치료 방법은 더 이상하다. 1미터 길이의 막대처럼 생긴 치료 장비를 삼각대에 세워 환자의 눈높이에 둔다. 그런 뒤 막대 위에서 좌우로 반복하여 움직이는 빛을 머리는 움직이지 않은 채 눈동자만 굴려서 보게 하는 치료다. 이 과정에서 환자는 트라우마 기억을 처리하게 된다. 이는 효과가 충분히 증명된 몇 안 되는 트라우마 치료 기법 중 하나다. 우리나라에는 EMDR 수련 워크숍이 활성화돼 있어 다른 기법보다 널리 쓰이지만, 트라우마를 전문적으로 다루는 기관 자체가 적다보니 실제로 치료를 받을 수 있는 곳이 많지 않다.

법무부에서 위탁해 운영하고 있는 범죄 피해 트라우마 지원 기관 스마일센터에서는 EMDR을 비롯한 전문적인 트라우마 치료를 제공하면서 회복을 돕고 있다.

03

가해자 혐오에서
자기혐오로

현서의 손에는 항상 두꺼운 스프링 노트가 들려 있었다. 진료
대기실에는 아이든 부모든 스마트폰 화면만 보는 사람이 대부분
이라, 노트와 연필을 들고 있는 현서에게 나도 모르게 시선이 가곤
했다. 현서는 누가 지나가든 미동도 없이, 마치 종이 속으로 몸을
구겨 들어가려는 듯 웅크리고 앉아서 무언가를 그렸다. 그러던 어
느 날, 진료 중 잠시 열린 문틈 사이로 현서의 모습이 보였다. 그는
자기 순서가 된 것을 모른 채 그림에 몰두하고 있었다. 대기가 많
이 밀린 상태라 현서의 이름을 다시 부르려던 차에 나는 얼어붙고
말았다. 사건 직후의 극심한 불안은 조금 수그러들었지만 시간이
지나도 방 안에 틀어박힌 채 좀처럼 일상으로 돌아오지 못해 부모
가 항상 안타까워하던 터였다. 그만큼 지쳐 보였던 현서의 얼굴에
순간 정말 극도의, 섬뜩할 만큼 강렬한 감정이 불타올랐다. 2~3미

터 떨어진 거리, 열린 문틈 사이의 내게도 그대로 느껴질 만큼.

현서는 좋은 선배라고 생각하며 믿고 따르던 지인에게 반복적인 구타, 갈취, 성폭력을 당했다. 간신히 증거를 모아 신고했으나 처리되는 데 예상보다 시간이 오래 걸렸고, 그러던 중 현서와 가해자 모두를 알고 있는 주변인들로부터 2차 가해를 당했다. 결국 현서는 외상후스트레스장애 진단을 받고 치료를 시작하게 되었다.

상상도 해본 적 없을 이런 사건을 겪으면, 사람들은 보통 그 사건의 직접적인 가해자나 원인 제공자가 미워질 거라고 생각한다. 어떻게든 내가 겪었던 만큼 되돌려주어야 얹힌 속이 뚫리며 '원래의 나'로 돌아갈 수 있을 거라고 생각하는 것이다. 많은 폭력 피해자도 같은 이야기를 한다. "왜 저만 피해 봐야 해요? 가해자는 아무렇지도 않게 자기 인생 살고 있는데요." "이걸 보상이라고 할 수 있는 건가요? 제가 얼마나 힘들었는데, 이 정도에 만족하고 조용히 있으라는 건가요?" 당연한 감정인 만큼 진료실과 센터에서 자주 듣는 말들이다. 하지만 가해자나 사건에 대해 분노와 미움 외에 더 복잡한 감정을 느끼는 피해자가 많다.

가해자도 밉지만 그 사람이 더 미워요

"날 때린 건 그 사람이 맞는데요. 그 일이 있고 나서 제일 도움이 필요한 때에 남편이 저한테 뭐라고 했는지 아세요?"

"가해자는 원래 그렇게 생겨먹은 놈이니까 그러려니 해요. 그런데 오랫동안 몸담았던 회사까지 이러면 안 되는 거 아닌가요?"

현실에서는 피해자가 가해자보다 도움을 주려는 가족과 친구들에게 더 화를 내는 것 같다며 당혹스러워하는 일이 종종 일어난다. 예상치 못했던 폭풍우를 겪은 후 균형을 잡으려는 마음에서 비롯된 안타까운 현상이다. 내가 피해를 본 만큼 이를 다독여줄 무언가가 일어나기를, 그게 우주 자연의 섭리이기를 성마르게 기대하게 되는 것이다. 피해가 크면 클수록, 아프고 힘들어진 자신에게 이 손해를 누그러뜨릴 만큼 긍정적인 일이 이어지길 자신도 모르게 바라게 된다.

보통의 일상에서도 일어날 수 있는 속상함이라면 느긋한 휴식, 배부르고 맛있는 식사, 친구와의 편안한 대화, 반려동물과의 따뜻한 시간 같은 것이 충분히 위로가 될 수 있다. 그런데 폭행이나 방화, 사기, 살인과 같은 범죄라면? 아무리 평소에 스트레스를 잘 다루며 마음의 균형을 유지해오던 사람이라도 그 큰 파도를 순식간에 감당하기는 어렵다. 그러니 자신이 받은 부정적인 에너지(피해)를 상대적으로 안전하고 가까운 관계에서 대신 위로받으려 하거나 무너진 균형을 억지로 바로잡으려다 더 어그러지는 일이 벌어지기도 하는 것이다.

고통에 처하면 대부분의 인간은 주변의 따뜻한 손길과 도움을 필요로 한다. 하지만 누구도 예상할 수 없었던 큰 사건이 터졌을 때는, 당사자마저 자신에게 어떤 도움이 필요한지 모를 수밖에 없다. 막상 도움을 받아도 뇌와 마음이 상처받은 상태에서는 소화가 안 되고 더 체하는 것처럼 느껴져 밀어내거나 피할 수도 있다. 당장은 가까운 사람에게 화풀이나 하소연을 하며 다친 마음을 가라앉힌 것처럼 보여도, 수면 아래에 잠복해 있는 상처와 피해는 어느 순간 불쑥 다시 올라온다. 문제는 그럴 때마다 주변으로부터 반대의 에너지를 끌어당겨 덮는 식으로 메우려들다보면 주변인들과의 관계마저 무너진다는 것이다. 어느 순간 다 뜯어져버리는 낡은 이불처럼 말이다. 이러한 상태에 빠지면, 사건의 충격 때문에 가까운 인간관계를 잃었다는 상실감까지 더해져 소득 없는 상처 핥기에만 몰두하는 악순환에 빠져들 수 있다.

사실 제일 미운 건…… 저 자신이에요

아무 일 없다는 듯 진료실에 들어온 현서에게 조심스럽게 그 노트를 볼 수 있는지 물었다. 잠시 머뭇거리던 현서가 건네준 노트에 그려진 것들은 선을 알아보기 어려울 만큼 뭉개져 있었다. 그러나 주제만큼은 명확했다. 대부분의 그림은 찌르고 자르고 망가뜨린 신체의 손상 부위를 클로즈업한 것이었다. 누군가를 반복적으로, 존재할 수 있는 모든 방법으로 고문하고 살해하는 장면들이었다. 현서도 나도 얼굴이 그려지지 않은 그 대상들이 누군지 알고 있었다.

사법 기관과 가족 모두 사건을 어떻게 처리하고 싶은지, 하고 싶은 말은 없는지 여러 차례 물어보았다. 그럴 때마다 현서는 퉁명스럽게 "몰라요" "상관없어요"라고 할 뿐이었다. 그런 그가 내면세계에서는 상상할 수 있는 모든 방법으로 가해자를 죽이고 망가뜨렸다 다시 죽이기를 반복했던 것이다.

잠시 할 말을 잃은 채 현서의 잔인한 복수를 들여다보는 사이, 내 눈치를 살피던 현서가 입을 뗐다.

"하루에 몇 권씩 그려서 집에 쌓여 있으니까…… 이건 선생님이 가져도 돼요."

사건 후 현서는 음식을 넘기지 못해 몇 달 사이 7~8킬로그램이 빠지고, 진료를 위해 잠시 병원에 오는 것 말고는 침대에 누워서만 지냈다. 그런 10대 아이가 모든 에너지를 그러모아 하루에 수십, 수백 번씩 가해자를 죽이는 것으로 자신의 세계를 채우고 있었다. 아직 다 성장하지 않은 뇌가 잔인한 폭력에 다쳐 명운을 건 내적 전쟁을 매 순간 치르고 있었다. 방 밖은커녕 침대 밖으로 한 걸음 내딛는 것조차 힘겨웠을 것이다.

그날 나는 그동안 무의식적인, 또는 분명한 거부로 인해 대화가 잘 이어지지 않던 현서와 처음으로 의미 있는 이야기를 나눌 수 있었다. 하지만 그날 내 뇌리에 남은 것은 강렬한 그림 속 처절한 복수의 환상보다 진료를 마칠 무렵 현서가 중얼거린 말이었다.

"선생님 근데요, 이렇게 사람들을 수천, 수억 번 찢고 죽여도…… 더 괴로운 건 이런 데 몰두하고 있는 저 자신이에요. 원래 저는 이런 상상을 조금도 해본 적이 없어요. 애들이 제 그림을 얼마나 좋아했는데요. 항상 제일 예쁘고 아름다운 것만 그렸는데……. 이렇게 잔인한 상상을 하면서, 하루 종일 어떻게 하면 더 잔인하고 심하게 그릴 수 있을지에만 몰두하는 제가…… 가해자와 다른 게 뭘까요? 선배나 절 괴롭힌 사람 모두 괴물 같지만 사실 가끔은 제가 더 무섭다고 느껴져요. 그 일로 저는 가해자보다 더 끔찍한 괴물이 됐어요."

분노하지 않으면 존재할 수 없어요

고통스러운 마음을 쏟아내고 조금은 누그러진 듯한 표정으로 노트를 두고 간 며칠 뒤, 현서의 부모로부터 다급한 연락이 왔다. 아이가 오랜만에 등교한 날, 매일 방에만 틀어박혀 대체 뭘 하는지 궁금해하던 차에 아이 방에 들어갔던 엄마가 옷장 속 상자에 가득한 그림 노트들을 발견한 것이다. 시뻘겋게 뚝뚝 떨어지는 핏방울까지 묘사된 잔인한 그림들을 본 엄마는 충격을 받았다. 이런 그림만 그리다가는 병이 더 심해질지도 모른다는 공포감에 사로잡혀 그 노트들을 모두 치워버렸다. 문제는 학교에서 돌아온 현서가 그림과 상자가 모두 없어진 걸 보고 비명을 지르더니 잘 다스려왔던 자해 행동까지 시작했다는 것이다. 부모가 말리려 하자 현서는 칼끝을 어른들에게로 향했고, 결국 상황을 감당하지 못한 부모가 병원에 연락해온 것이었다. 아이가 끔찍한 그림을 그리더니 이제 우리한테 칼을 드는 사이코패스가 된 것 같다며 부모는 말을 잇지 못했다.

불안 증상이나 외상 후 증상을 완화하는 데 쓰이는 '이완 요법'은 폭력의 피해자, 특히 성폭력 피해자들에게는 효과가 미미하거나 역으로 불안을 유발할 수 있다. 그들의 마음속은 이미 걷잡을 수 없는 분노에 다 쓸려나간 재난의 현장이라, 경험 많은 전문 치료자가 차근차근 안내하더라도 치유의 발걸음을 떼기 어렵기 때문이다. 많은 피해자가 분노로 자기 몸까지 타오르는 듯한 고통을 겪으면서도 그 분노를 내려놓길 거부한다. 그런 이들에게 본인만 손해니 그만 내려놓으라든가, 용서하는 게 더 도움이 될 거라는 식으로 위로했다간 오히려 더 화를 부를 수 있다. 그래서일까. 치유 과정을 잘 진행하며, 외면하고 싶었던 감정들을 살펴볼 힘이 조금씩 생겨난 피해자조차 분노라는 감정의 중요성을 강조하곤 한다.

"제가 지금 힘든 게 감당 못 할 분노 때문이라는 건 알겠어요. 그런데 그걸 꼭 사그라뜨려야 하나요? 사그라들 거라고 생각하기도 어렵지만…… 이 분노마저 가라앉으면 저라는 사람은 그냥 없어질 것 같아요. 슬프지만 이 분노만이 제게 유일하게 남아 있는 것인데요."

"이 분노마저 줄면 어쩌나요? 저한테 큰 피해를 입힌 사람은 멀쩡해 보이고 저는 여전히 고통스러운데, 그에 대한 분노까지 없어지면 너무 불공평하잖아요. 화내는 걸 멈추고 싶지 않아요."

스스로를 집어삼켜 태우는 분노. 피해자들이 자신에게 유일하게 남은 것이라고 느끼기도 하는 감정이지만, 실제로는 가해자에게 법적 처벌을 하는 과정뿐 아니라 치료와 회복, 그리고 가장 단순한 일상에도 방해가 된다.

분노를 다루기 위한 팁

—

우선 마음속에 분노가 있음을 인정하고, 그게 자연스러운 감정임을 스스로에게 납득시켜야 한다. 그리고 이 분노가 내 일상에 어떤 영향을 주는지, 부정적인 부분만이 아니라 긍정적인 부분까지 범위를 넓혀 냉정하게 살펴보자. 많은 피해자가 이 강렬한 맹수 같은 감정이 날뛰는 것에 당황하고 자기 자신을 이상하게 여긴다. 자기가 미쳐가고 있다고 생각하거나, 가해자와 똑같은 혹은 더 못한 존재가 되었다며 비난하기도 한다.

분노는 가해자의 폭력을 겪은 뒤, 그 이해할 수 없는 공격으로부터 자기 자신을 보호하려는 시도로서 뇌에서 발생하는 감정이다. 비인간적인 잔인성을 마주했기에 나타나는 지극히 당연한 반응이다. 다만 이 자연스러운 감정이 나 자신과 주변에 잔불처럼 남아 내게 소중한 것들마저 태우고 있지는 않은지 천천히 돌아볼 필요가 있다. 아주 뜨겁지 않은 온열 기구에도 저온 화상을 입을 수 있다. 잔불처럼 보이든 아직 내부는 활활 타고 있든, 내 일상이 거기에 다치게 놔둘 수는 없다. 화력의 방향을 조금 틀어 멈췄던 일상이 굴러가도록 해보자. 아니면 치료자와 번져나가는 분노의 범위를 살펴보며 소중한 관계를 지키는 연습을 해볼 수도 있다.

두려워하지 말자. 뇌가 나 자신을 지키려고 다양한 시도를 하는 과정에서 나타나는 현상임을 이해하고, 나를 도와줄 사람들과 함께한다면 이 불은 나를 삼키지 않을 것이다. 주변을 아무리 둘러봐도 이런 나를 이해하고 도와줄 사람이 없을 것만 같다면? 그래도 걱정할 필요 없다. 이용할 수 있는 기관들의 문은 언제나 열려 있다(부록 참조).

04 불면, 악몽과의 사투

하루, 이틀이라도 잠을 설치면 다음 날 힘이 든다. 불면증을 겪어본 게 아니라도 해외에서 시차로 고생한 경험이 있다면 잠을 못 자는 게 얼마나 힘든 일인지 알 것이다. 해외에서의 소중한 하루가 낮에는 피곤하고, 밤에는 오히려 말똥말똥해지는 식으로 흘러간다. 이튿날의 여정을 위해 충분히 쉬고 잠을 자야 하는데 그러지 못하니 밤 동안 조급하고 심란하다. 잠 못 잔 걸 대수롭지 않게 여기는 동행에게 야속해지다가, 며칠이 지나도 적응되지 않으면 본인의 몸이 야속해진다. 시차 적응 문제로 여행을 망쳤다는 생각까지 든다.

정신건강의학과 의사가 가장 흔히 접하는 증상이 불면이다. 비단 불면증뿐 아니라 우울증, 불안장애 등 수많은 정신과 질환에서 불면이 함께 나타난다. 그러다보니 정신건강의학과 의사들조차 불면증만 있는 환자들보다 다른 질환을 함께 앓는 환자들이 더 고통스러울 것이라 생각하고, 불면 증상의 고통을 비교적 가볍게 여기기도 한다. 하지만 불면증 하나만 있어도 충분히 괴롭다.

트라우마를 겪은 분들의 불면 증상은 더 고통스럽다. 잠 못 든 채 침대에 가만히 누워 있다보면 온갖 생각이 떠오르기 마련이다. 그날 있었던 일, 내일 마주쳐야 하는 일들에 대한 생각이 두서없이 머릿속을 채운다. 걱정거리가 있을 때면 그에 대한 생각이 꼬리에 꼬리를 물고 이어진다. 트라우마를 겪은 사람이라면 당연히 트라우마에 대한 기억, 이미지, 후회와 두려움, 가해자에 대한 분노 등이 연달아 나온다. 그러다 결국 자기 비난에 휩싸이고 두통이나 가슴 답답함 같은 스트레스 반응이 나타난다. 밤에 누워 있는 와중에도 말이다.

범죄 피해를 밤에 겪은 사람은 물론 낮에 경험한 사람들도 대개 밤이 더 괴롭다고 한다. 잠들더라도 자주 악몽에 시달리기 때문이다. 대표적으로는 누군가가 흉기를 들고 쫓아오는데 결국 막다른 골목에 다다르는 꿈이 있다. 악몽 때문에 다시 잠드는 것도 무서워한다. 밤마다 이러지도 저러지도 못한 채 코너에 몰린다. 낮에는 사람이나 상황을 피하면서 고통을 줄일 수 있을 것 같고, 밤에는 수면제에 의지해서라도 잠에 들 수 있을 것 같다. 그러나 악몽은 어떻게 해도 피할 수 없는, 스스로 조절할 수 없는 현상이라는 생각이 들어서 더 힘들다.

악몽을 다루는 방법

사실 악몽도 바꾸거나 줄일 수 있는 방법이 있다. 내가 임상에서 가장 흔히 사용하는 것은 '악몽 바꾸기' 기법이다. 범죄 피해를 당한 사람들에게는 악몽의 주제가 반복되곤 하는데, 이 기법은 그럴 때 도움이 된다.

군부대에서 가혹행위를 당한 후 병원에 입원한 장병 정태씨는 밤마다 악몽에 시달렸다. 앞서 대표적이라고 소개한 주제와 동일한 내용의 악몽이다. 어두운 골목에서 얼굴이 보이지 않는 괴한이 칼을 들고 쫓아온다. 계속 도망치다가 막다른 길에 몰리고, 큰 벽 앞에서 공포에 떠는 본인의 모습이 보인다. 큰 벽 건너편에는 사람이 있지만 본인을 도와줄 수 없는 상황에 있었다. 그런 정태씨에게 '악몽 바꾸기' 기법을 적용해보았다. 먼저 A4 용지에 그 장면을 한 가지 색으로 간략하게 그려보도록 한다. 다른 A4 용지에는 상상력을 동원해, 그 장면과 유사하지만 가장 행복하고 즐거운 장면을 여러 색깔로 자세히 그려보도록 한다. 꿈은 현실이 아니니 비현실적인 판타지 요소들도 동원해서 그려보라고 안내한다. 이런 작업이 처음인 환자라면 옆에서 가이드를 해주기도 한다.

정태씨는 괴한 대신 평소 좋아하던 아이돌 멤버를 그렸고, 흉기 대신 꽃다발과 선물 꾸러미를 들고 와 건네는 장면을 묘사했다. 그 멤버가 어떤 말을 해줬으면 좋겠느냐고 물으니 '그동안 고생했어.

많이 좋아질 거야'라는 이야기를 듣고 싶다고 했다. 그래서 말풍선으로 그 내용을 적어보라고 했다. 어두운 골목길은 인상에 남았던 카페로, 그를 도와주지 못했던 사람들은 본인을 응원하며 박수 쳐주는 친구들로 바꾸었다. 이렇게 완전히 달라진 그림을 자기 전에 보면서 그 장면을 상상하도록 한다. 이 작업 이후 정태씨는 악몽이 많이 줄었다며 놀라워했다. 작업 전에 기법을 설명할 때면 환자들은 이렇게 간단한 방법으로 악몽이 줄어들 수 있겠느냐며 의구심을 품곤 한다. 하지만 실제로 활용해보면 도움이 될 때가 많다.

어떤 사람들에게서는 반복되는 주제가 나타나지 않기도 한다. 이럴 때는 자기 전에 하는 활동이 무엇인지 살펴본다. 끔찍한 장면이 자주 등장하거나 범죄, 불륜 등이 주제인 영화나 드라마, 일상적으로 안 좋은 소식을 다루는 뉴스는 피하게 한다. 또한 자기 직전 유튜브로 잔잔한 음악이 배경에 흐르면서 평화롭고 아름다운 풍경이 나오는 영상을 10분 정도 본 뒤 잠들 때까지 휴대폰을 못 하게 한다. 이것만으로도 악몽이 줄어들곤 해 환자들에게 적극적으로 권하는 편이다.

이런 방법도 효과가 없다면 약물을 사용하기도 한다. 악몽을 줄이는 약물의 존재를 정신건강의학과 의사들도 모를 때가 많다. 원래 전립선비대증으로 인한 배뇨장애에 쓰였던 프라조신이 악몽을 줄이는 데 도움이 된다는 연구 결과들이 있다. 해외의 여러 PTSD 치료 가이드라인에도 근거 수준이 높지는 않지만 악몽에 도움이 되는 약물로 소개되어 있다. 국내에는 2022년에 개정된 PTSD 치료 가이드라인에 수록되었다. 2018년 『뉴잉글랜드 의학 저널』에 실린 PTSD 참전 용사 연구에서는 효과가 뚜렷하지 않은 것으로 나타났다. 하지만 그후에도 프라조신이 악몽 감소에 효과가 있다는 연구는 지속적으로 발표되고 있다. 국내에는 프라조신이 발매되지 않고 있지만, 대신 기전이 유사한 테라조신이 있다. 악몽 때문에 고생하는 트라우마 환자가 워낙 많아서 개인적으로 10여 년 전부터 테라조신을 처방해왔다. 이 약물을 복용한 후로 악몽이 확연히 줄었다는 분이 상당히 많다. 효과에 대한 논란이 있기는 하나, 나는 앞으로도 심한 악몽을 겪는 분들에게 이 약을 권할 것이다.

불면과 사투하다

불면증에 도움이 되는 인지행동치료 기반의 서적이나 숙면 노하우를 담은 전문가들의 유튜브 영상, 블로그, 기사 등은 흔히 접할 수 있다. 간단히 검색만 해도 도움이 되는 정보가 많이 나온다. 이러한 정보는 트라우마로 인해 불면증을 겪은 이들에게도 도움이 되지만, 흔한 정보이니 여기서 소개하지는 않는다.

다만 불면과 관련된 개인적인 경험 두 가지를 언급하고 싶다. 이전에 일했던 병원에서 겪은 일이다. 열심히 일했고 성과도 내고 있다고 자부했으나, 업무와 별로 관련 없는 문제로 몇 달간 병원장과 부딪쳤다. 사소하지만 끊임없이 신경 쓰이는 문제였다. 하필 재계약을 앞둔 시기였다. 재계약이 안 될 가능성은 없다고 다들 안심시켜주었고 스스로도 그렇게 생각했다. 하지만 내 몸과 마음은 생각과 달랐던 모양이다. 어느 날부터 잠을 못 자기 시작했다. 대체로 잠드는 데는 문제가 없었지만, 새벽에 깨면 다시 잠을 이룰 수가 없었다. 출근을 앞둔 날이면 거의 매일 새벽 2~3시에 깼고 아침까지 뜬눈으로 지새웠다. 잠에서 깬 채 몇 시간을 침대에서 보내는 것이 너무 고통스러웠다. 뒹굴거리다가 언제부턴가는 침대와 싸우고 있는 나 자신이 한심해 무작정 새벽에 출근하기도 했다.

두어 달을 그렇게 지내면서 이런저런 방법을 시도해봤고 결국에는 다시 잘 잘 수 있게 되었다. 그중에서 다른 무엇보다 중간에 깼을 때 시간을 확인하지 않는 게 도움이 됐다. 누구나 잠에서 깨면 습관적으로 시계나 휴대폰을 본다. 하지만 불면증 환자는 그렇게 하면 다시 잠들기가 어렵다. '2시밖에 안 됐네' '오늘도 잠 못 자는 거 아냐?' '내일 할 일도 많은데 망했다' '조금이라도 더 자야 하는데 어쩌지'와 같은 생각과 불안이 머릿속을 잠식하면서 잠이 더 달아나기 때문이다. 차이는 놀라울 만큼 확연했다. 시간을 확인하지 않은 날에는 곧바로 다시 잠들 수 있었지만, 중간에 깜빡하고 시간을 확인하는 날엔 다시 잠들기 어려웠던 것이다.

그 뒤로는 오히려 잠에 들기가 어려운 날들이 생겼다. 원래 누우

2장 잔불

면 바로 곯아떨어지는 편이라 이해가 되지 않았다. 고민거리나 스트레스와도 크게 상관없어 보였다. 그러다 문득 '커피를 많이 마신 날 못 자나?' 하는 생각이 들었다. 전에는 자기 직전에 커피를 마셔도, 하루에 몇 잔씩 마셔도 잘 잤기에 연관이 없다고 여겼다. 어느 날 다른 정신과 의사 동료들에게 이 이야기를 했다. 그랬더니 한 선생님이 노화 때문이라고 했다. 단순히 나이가 들어서라기보다 나이가 들면서 카페인을 분해하는 능력이 떨어지기 때문이라는 거였다. 그러고보니 커피를 마시면 정신이 깬다는 느낌을 전에는 별로 못 받다가 요즘은 체감하고 있었다. 기억을 더듬어봐도 역시 커피를 많이 마시거나 오후에 커피를 마신 날 잠을 못 자는 것 같았다. 이후로는 오후에 카페인 함량이 높은 커피를 마시면 못 잔다는 걸 확실히 알게 되었다. 예전의 몸과는 달라진 것이다.

트라우마 환자 중에도 커피를 많이 마시는 분들이 있다. 잠을 충분히 못 자니 피곤하고 몽롱한 정신을 깨우기 위해서다. 트라우마 때문에 떨어진 집중력을 카페인으로 만회하려 하기도 한다. 하지만 그러느라 밤에 잠을 더 못 자는 악순환이 일어나기도 한다. 커피를 줄이거나 끊는 것은 어려운 일이니 이럴 땐 한번 테스트라도 해보자고 권한다. 커피 때문에 잠을 못 이뤘던 내 개인적인 경험도 공유하며, 가볍게 제안해보는 것이다. 커피를 오전에 한 잔 정도로 줄여보고, 혹시라도 수면의 변화가 일어나는지 임상시험이라도 해보자면서.

건강한 식습관을 회복하려면

트라우마를 겪는 분들은 수면뿐 아니라 생활 전반이 불규칙해진다. 끼니를 제시간에 챙겨 먹지 못하거나 아예 거르는 일도 허다하다. 초반에는 음식이 목구멍에서 넘어가질 않아 체중이 심각하게 빠지기도 한다. 시간이 지나면서는 입맛이 없더라도 허기나 공허함을 채우기 위해 뭔가를 입에 넣는다. 특히 혼자 지내는 분이라면 장을 보고 음식을 만드는 일을 스스로 하기 어려워 많아 배달 음식이나 편의점 음식으로 때우곤 한다.

밥을 안 먹는다는 말은 거짓말이 아니다. 하지만 밥을 안 먹는데도 체중이 증가하는 아이러니한 일이 발생할 때가 있다. 물론 폭식하는 사람도 있고, 반대로 잘 먹지 못해 체중이 감소하는 사람도 있다. 하지만 대부분은 제대로 먹지 않는데도 체중이 증가한다. 자세히 살펴보면 예전의 건강한 식습관이 통째로 바뀌어 있다. 배달비를 아끼기 위해 낮에는 굶다가 밤에 많은 양의 배달 음식을 시켜 먹거나 당류가 많은 군것질거리를 자주 먹는 식이다. 음식을 넘기는 것도 힘들어 주스나 탄산음료, 맥주처럼 체중이 쉽게 늘어나는 음료를 많이 마시면서 살이 찌기도 한다. 두문불출하는 범죄 피해자라면 활동량이 적어 체중이 더 쉽게 늘어난다.

치료에서 가장 어려운 부분 중 하나가 이러한 생활 습관을 바꾸는 것이다. 특히 혼자 지내는 환자라면 건강하게 끼니를 만들어 먹자고 말씀드리는 것조차 조심스러워지곤 한다. 비교적 쉽게 조정할 수 있는 것은 주스, 탄산음료, 맥주 등을 칼로리 없는 탄산음료로 바꾸는 것이다. 다행히 제로 음료의 종류가 점점 늘어나고 있고, 편의점마다 한 가지 이상이 원 플러스 원 행사를 하고 있어 쉽게 접근할 수 있다. 맛도 다들 괜찮은 편이다. 처음엔 낯설더라도 조금만 지나면 익숙해진다. 요즘 젊은 사람들 중에는 제로 음료가 맛까지 좋아서 기존의 탄산음료로 돌아가지 못하겠다는 사람도 많다. 그렇게 하나만 성공하면 다른 것에도 쉽게 성공할 수 있다.

최근에는 매달 일정한 금액만 부담하면 무제한으로 배달을 시킬 수 있는 플랫폼도 늘어나 한꺼번에 많은 양의 음식을 주문할 필요가 없다. 배달이 가능한 샐러드 가게도 늘어나서 배달 음식으로도 건강한 식사를 할 수 있게 되었다. 나 또한 얼마 전부터 병원 연구실에서 점심으로 샐러드를 주문해 먹고 있다. 샐러드가 다른 음식에 비해 비싼 느낌은 있지만, 의외로 맛이 괜찮고 배도 찬다. 가장 중요한 건 자주 먹어도 질리지 않는다는 것이다. 좋아하는 야채를 집에서 챙겨와 배달 온 샐러드에 토핑처럼 추가해 먹는 재미도 있다.

쉽게 변화를 시작할 방법은 얼마든지 있다.

수면제를 안전하게 이용하기 위한 팁

—

졸피뎀이라는 수면제가 있다. 우리나라에서 가장 많이 처방되는 수면제로, 효과가 좋고 다음 날 아침에 깔끔하게 일어날 수 있어 환자들의 만족도가 높다. 하지만 개인적으로 트라우마 환자들에게 졸피뎀을 비롯한 Z-drug 수면제를 거의 처방하지 않는 편이다.

첫 번째 이유는 졸피뎀의 기억상실 문제다. 졸피뎀을 복용한 뒤 잠들기까지의 기억이 사라질 때가 있다. 누군가와 통화하거나 SNS로 대화한 흔적이 분명 남아 있는데도 아침에 일어나면 전혀 기억나지 않는 것이다. 심할 땐 아침에 일어나서 했던 행동조차 기억나지 않는다. 흔하게 나타나지는 않지만, 그렇다고 드문 부작용도 아니다. 게다가 이런 부작용은 한 번 나타나면 반복될 우려가 있다. 범죄 피해자들에게 이러한 부작용은 매우 공포스러운 경험이며 트라우마 증상을 오히려 악화시킬 수 있다. 이 때문에 치료를 중단하거나 꼭 필요한 상황에서도 치료를 원하지 않는 환자들이 있다. 만약 졸피뎀 복용 중 기억상실이 의심되는 상황이 발생한다면 곧바로 중단할 것을 권한다.

두 번째 이유는 졸피뎀의 의존성 문제다. 나는 다른 정신건강의학과 의사들에 비해 이 부분을 좀더 엄격하게 다루는 편이다. 젊은 환자들에게도 꼭 필요할 때를 제외하고는 거의 쓰지 않는다. 트라우마를 겪은 분들은 불면 증상이 오래 지속돼 졸피뎀을 장기간 써야 하는 상황에 맞닥뜨릴 수밖에 없다. 하지만 장기간 사용하면 나중에 끊기 어려우니 초기부터 사용을 자제하는 편이다.

졸피뎀을 비롯한 Z-drug 외에도 의존성 문제가 없거나 적은 약물은 다양하게 있다. 만약 지금 처방받고 있는 졸피뎀이 이런 문제로 걱정된다면, 주치의와 상의해 다른 약물로 변경할 것을 권한다.

05

무너진 일상

재민씨는 30대 초반의 구급대원이다. 그가 구급대원이 되기로 결심한 것은 10대 시절 어느 하굣길에서였다. 찌는 듯이 더운 여름 날 수업을 마친 후, 그는 친구 여럿과 실없는 농담 따먹기를 하며 걷고 있었다. 그런데 갑자기 한 친구의 얼굴이 하얗게 질리더니 통나무가 넘어가듯 쓰러지는 게 아닌가. 모두가 어쩔 줄 몰라 하는 가운데 누군가 선생님을 부르자며 학교 쪽으로 뛰어갔다. 또 다른 누군가가 외친 '119'라는 단어에 재민씨는 떨리는 손으로 번호를 눌렀다. 어떻게 말했는지도 기억나지 않지만, 쿵쾅거리는 가슴을 최대한 억제하며 현재 위치와 친구의 상태를 전달했던 것 같다.

구급대원들이 영화 속 한 장면처럼 능숙하게 친구를 살핀 뒤 자리를 뜰 때까지 재민씨의 심장은 내내 터질 것만 같았다. 단지 친구에 대한 걱정만이 아니라, 이 세상에 남의 생명을 살리는 일을 하는 사람들이 있다는 그 묵직한 존재감 때문이었다. 쓰러졌던 친구는 다행히 일시적인 탈수와 저혈압으로 진단받고 이튿날 아무렇지 않게 등교했다. 현장에 있던 친구들은 놀라서 우왕좌왕했던 자신들과 달리 침착하게 119에 전화한 재민씨의 영웅담을 소문냈다. 그날 함께했던 친구 중 넷은 어른이 된 지금도 자주 보는 사이인데, 만날 때마다 그날의 일을 안줏거리 삼았다. 재미있게도 그때 넘어졌던 친구는 간호사가, 재민씨는 구급대원이 되었다.

손재주가 좋고 눈치가 빠른 재민씨는 처음부터 상사들에게 인정받는 인재였다. 오랫동안 다져온 다부진 체격 덕분에 적응도 비교적 수월하게 했다. 하루하루 일에 익숙해져갈수록 그는 오랫동안 품어온 꿈을 이루었다는 뿌듯함을 느꼈다. 비가 매우 사납게 쏟아지던 어느 날 출동을 나가기 전까지는.

가슴 통증이 있다는 구조 요청 전화에 막히는 길을 뚫고 도착한 곳에는 술을 거나하게 한 취객이 몇 명 있었다. 구급차가 왜 이렇게 늦게 오냐는 고성과 함께 누가 환자인지도 알 수 없을 정도로 횡설수설하는 대화 속에서 어렵게 이야기를 조합해보니, 일행 중 한 명이 저녁 식사 때 술을 곁들이던 중 계속 소화가 안 된다고 하더라는 거였다. 식당을 나서며 담배를 태우던 사이 통증은 더 심해졌고, 누군가 소화불량이 심근경색의 신호일 수 있다고 겁을 주자 걱정이 돼 119에 전화했다는 것이었다. 속이 안 좋다는 이는 일행 중 가장 나이가 많아 보였다. 그러다 갑자기 일행 중 하나가 여자 동료에게 주먹을 날렸다. 취객들 사이에서 어떻게든 상태를 확인하겠다고 노력하는 그녀의 말소리가 시끄럽다는 거였다. 반사적으로 도우려 나서던 재민씨 역시 발길질에 배를 세게 걷어차였다. 기습을 당한 재민씨는 순간 숨을 쉬지 못하고 나동그라졌지만, 다행히 곧 운전석의 동료가 뛰어나와 상대를 제압했다.

재민씨와 운전석의 동료는 바로 일상에 복귀했으나 안경을 쓴 상태에서 주먹을 잘못 맞은 여자 동료는 치료가 필요해 병가를 냈다. 피가 상당히 났던 터라 모두 걱정했으나 다행히 큰 이상은 없었다. 위로 차 이어진 회식 자리와 이후의 업무에서도 그녀는 이전과 달라진 게 없어 보였다. 비가 올 때면 상처 부위가 더 쑤신다고 하거나, 가끔 비슷한 호출이 오면 "오늘 또 병가 낼 일 생기는 거 아냐?"라며 어색하게 웃긴 했지만.

문제는 재민씨였다. 자신보다 더 큰 충격을 받았을 게 분명한데도 의연한 동료를 보면서 그의 자괴감은 점점 더 커져만 갔다. 얻어맞아 내팽개쳐졌던 아스팔트 바닥의 감촉, 비에 젖어 축축하던 공기, 쏟아지는 빗소리에 뒤섞이던 고성, 역겹던 술 냄새가 어디에나 떠도는 것 같았다. 낮에는 그런대로 버텼지만 밤에는 견딜 수 없을 만큼 힘들어졌다. 꿈에서 그는 여전히 무더운 여름날의 고등학생이었다. 친구를 돕고자 떨리는 목소리를 가다듬으며 전화하던, 어리지만 당찼던 실제 자신은 온데간데없었다. 입에서는 바보 같은 중얼거림만 새어나오고 그사이 친구는 까맣게 죽어갔다.

시간이 약이라고 했던가. 한 달쯤 지나자 남들이 모르던 재민씨

만의 증상은 누그러졌고, 잠도 잘 자게 되었다. 그런데 다른 고민이 생겼다. 언제나 업무 효율이 좋은 편이었건만, 점점 자신도 이해 못 할 실수가 잦아졌다. 어느 순간부터는 동료들이 자신과 출동 나가기를 꺼린다고 느껴지기까지 했다. 신입 때도 해본 적 없는 사소한 서류 실수부터 구급차 안의 기본적인 물품 정리까지 무엇 하나 제대로 해내는 게 없었다. 이러한 버벅거림은 점점 늘었다. 최근에는 일할 때뿐 아니라 귀가 후 장을 볼 때도 간단한 계산이 안 돼 물건을 들었다 놨다 했다. 그중에서도 제일 큰 문제는, 자랑스러워하던 구급대원복을 입거나 전화를 받는 것조차 어렵게 느껴져 지각이 늘고 쉬고 싶다는 생각만 커져간다는 것이었다.

갑자기 바보가 된 것 같아요

상담을 받아보라는 상사의 권유에 재민씨는 말했다.

"차라리 사건 직후처럼 불면이나 불안 같은 증상이 있을 때라면 모르겠어요. 그런 건 이제 다 없어졌거든요. 근데 사건이나 일하고 무관한 일상생활이 안 되니, 이걸 참 뭐라고 해야 할지…… 하루아침에 멍청이가 된 것 같아요. 단순하고 손쉽게 하던 일상적인 일들도 어렵다니까요. 근데 이렇게 버벅거리고 바보가 된 것 같다는 이유로 무슨 치료를 받을 수 있겠어요? 잠을 못 자면 불면증, 어디가 아프면 통증…… 딱딱 명칭이 있으면 그걸 댈 텐데. 전 그냥 깨어 있는 모든 순간 바보가 된 거 같은 거, 그거 하나거든요."

　재민씨는 이 증상을 뭐라 꼬집을 수 없다고 했지만, 이렇게 소소한 일상 하나하나가 어려워지는 것 역시 트라우마의 후유증이다. 인간의 뇌는 예측할 수 없었던 충격을 처리하는 데 상당한 시간을 필요로 한다. 작은 트라우마처럼 보여도 그동안의 경험과는 다른 기억을 소화하는 데 에너지를 더 쏟게 되는 것은 당연하다. 그러는 동안 여러 증상, 지금까지 살펴봤고 앞으로 더 살펴볼 다양한 증상이 생겨난다.

　더 당황스러운 것은 이러한 외상 기억이 어느 정도 소화된 다음이다. 중환자실에 있다가 병이 나아 퇴원했어도 한동안은 감소한 근육과 체력 때문에 간단한 걸음조차 힘든 것과 비슷하다. 병은 다 나았다는데 예전처럼 걸으려고 하면 후들거리고, 작은 일만으로도 숨이 찬다. 전투에서 승리했더라도 초토화된 땅을 다시 일구는 데 시간이 걸리듯, 병이 물러갔다 해도 우리 몸이 회복할 시간에 필수적이지 않은 부분의 뇌 기능은 떨어질 수밖에 없다. 또한 상대적으로 자동화되어 의식 없이 작동해왔던 암시적 기억*도 우선순위에서 밀린다.

---

* 일상에서 크게 신경 쓰지 않고 자연스럽게 해내는 일들에 필요한 기억. 신발 끈 묶기나 자전거 타기처럼 의식을 못 할 만큼 깊숙이 내재된 감각 운동으로 구성된다.

　　　　　　　　　　　　　　　　　　　　2장　잔불

저한테는 증상보다 당장 일이 안 되는 게
더 심각한데 어쩌죠?

재민씨는 이 이상한 상태가 트라우마 후유증이라는 것을 이해하게 됐지만, 그렇다고 안심이 되지는 않았다. 그에게 직업이란 자존감의 원천이기도 했지만 생계의 수단이기도 했다. 업무상의 실수와 일의 지연 때문에 피해를 보는 동료들에게도 미안했다. 이러다 응급 이송이 필요한 환자들에게까지 민폐를 끼치는 건 아닐까 하는 공포심에 재민씨는 사직까지 고려하게 됐다.

다행히 그에게 상담을 권했던 상사는 비슷한 어려움을 겪은 직원들을 많이 봐왔다. 상사는 충분히 쉬고 나면 증상이 자연스레 사라질 거라는 점을 경험으로 알고 있었다. 그는 재민씨와 동료들에게 이러한 트라우마 회복 과정에 대해 알려주고, 신체적 외상을 입은 동료뿐 아니라 재민씨 역시 심리적 외상으로 업무 조정 및 휴식이 필요한 상태라고 전달했다. 이 과정에서 재민씨는 자신에게 불만이 있으리라 생각했던 동료들이 사실 그의 상태를 잘 이해하고 있었으며 그동안 알게 모르게 배려도 해주고 있었다는 것을 깨달았다. 선배와 동료들 역시 뇌가 회복할 시간이 필요하다는 것을, 그 과정은 눈으로 볼 수 있는 성질의 것이 아님을 직간접적인 경험을 통해 알고 있었던 것이다.

트라우마라는 지진을 겪은 뇌는 상당히 오랫동안 비상 상태에 빠진다. 위협적이지 않은 자극에도 경고 알람을 작동시켜 오경보가 울리기 쉽고, 동료들의 사소한 행동이나 말까지 자신을 향하는 부정적인 신호로 왜곡하곤 한다. 억지로 이상한 선글라스를 쓰게 된 것과 같다. 트라우마라는 폭탄이 터지면, 우리 뇌는 갑자기 들어오는 강한 빛에서 눈을 보호하려는 방어기제로서 즉각 어두운 필터가 덮인 선글라스를 씌운다. 문제는 이러한 필터의 색이 원래대로 돌아오는 데 우리 생각보다 더 오랜 시간이 걸린다는 것이다. 재민씨는 그 필터의 영향을 받는 동료들과 환자들의 모습을 가까이에서 봐왔지만, 자신 역시 그럴 수 있다고는 생각하지 못했다. 그 영향이 트리거Trigger라 불리는 트라우마 관련 자극 요인만이 아니라 모든 일상에까지 미칠 수 있으리라고는 더더욱 생각하지 못했다. 워낙 영민했던 재민씨는 타인에게는 너그러웠지만 자기 자신에 대해서는 매사 엄격했다. 이러한 완벽성이 오히려 회복에 걸림돌이 되었던 셈이다.

다행히 재민씨는 주변의 도움을 받아 자신을 비난하고 채찍질하기보다 스스로에게 여유를 주는 법을 배우며 어두운 터널에서 차츰차츰 빠져나올 수 있었다.

일상으로 돌아가기 위한 팁

—

우리 뇌의 메커니즘은 농사짓기와 비슷하다. 천재지변만 없다면, 경험과 자연의 힘을 믿고 꾸준히 노력할 때 성과를 얻는다. 그러나 트라우마는 천재지변으로 어떻게 대비할 수 있는 게 아니다. 둑이 터져나오듯 쏟아지는 문제들은 임기응변으로 메울 게 아니라 전문가의 도움을 받아 잘 다뤄야 한다. 그런데 그보다 더 중요한 것은, 우리 몸의 회복력이 돌아올 때까지 뇌라는 '재난 구역'에 휴식하고 재건할 시간을 주는 것이다. 이 회복기에 전문성 없는 주변의 조언이나 충동, 또는 반사로 행하는 대처들이 뇌라는 토양에는 오히려 독이 될 수 있다.

많은 연구와 치료법이 트라우마 이후 최대한 빨리 일상으로 돌아가기를 권고하지만, 그 어떤 자료에서도 원래의 역할을 완수해내라고 요구하지는 않는다. 과도한 노력은 땅의 상태나 지반을 분석하지 않고 비료를 붓거나 농기계를 투입하는 것과 마찬가지다. 이렇듯 지나친 노력은 간신히 수습 중이던 땅을 2차, 3차로 무너뜨리고 애써 심은 곡물을 누렇게 마르게 한다. 악순환에 빠지는 것이다. 이런 상황에서라면 회복하고자 고군분투하더라도 갈수록 일상이 마비되며 잠겨 있는 늪이 점점 더 깊어져 지칠

수 있다. 경험 많은 지지 자원이나 전문가와 함께 안전망이 되어
줄 구조 줄에 몸을 맡기고, 스스로에게 회복할 시간을 충분히 주
어야 한다.

　바쁜 현대사회에서 대체 언제까지 시간을 주어야 하느냐고?
안타깝게도 우리 뇌는 현대사회에 맞게 만들어진 것이 아니다.
특히 트라우마에 반응하는 원시적인 뇌는 선조들의 것으로부터
크게 달라지지 않았다. 더구나 재난으로부터의 회복 기간은 사
람과 상황마다, 같은 사람이라도 시기마다 다르다. 그러니 상처
받아 무너질 수밖에 없을 때는 마음을 앞세우기보다 그대로 멈춰
서서 몸의 신호에 귀를 기울여보자. 다양한 트라우마 생존자들
이 증상이 나아져도 일상의 기능을 회복하기까지는 더 많은 시간
이 필요했음을 강조한다. 몸에서 오는 작은 신호들을 들여다보
자. 신호는 천천히, 하지만 분명하게 다가올 것이다.

06

외상후스트레스장애에 대한 오해들

은선씨는 범죄 피해 유가족이었다. 사건이 뉴스에 크게 보도돼 동네 사람들도 다 알게 되었다. 유품 정리나 행정적인 일 처리뿐 아니라 수사와 재판 등을 챙기느라 몇 달은 정신없이 흘렀다. 이웃들이 건네는 위로는 듣기 힘들었고, 안부 인사에 잘 이겨내고 있다고 반복해서 답하는 것도 부담스러웠다. 전혀 괜찮지 않았다. 아니, 괜찮을 수가 없었다. 친한 동네 친구에게 힘들다고 이야기를 한번 해봤다. 하지만 도움이 되기는커녕 괜히 말했다는 후회밖에 들지 않았다.

1년 뒤, 도저히 이렇게는 지낼 수 없어 친척들의 권유에 따라 직장 근처로 이사했다. 그나마 직장에서는 늘 하던 일만 하면 되었고, 그렇게 일에 정신이 팔릴 때는 괜찮았다. 훌쩍 시간이 가는 것만으로도 만족했다. 하지만 집에 돌아오면 급격히 무기력해졌고, 생각이 복잡해졌다. 여러 생각이 연쇄적으로 떠오르다가 결국엔 사건에 대한 기억과 당시 행동에 대한 후회까지 맴돌았다. 사건에 대한 어떤 언급도 피하고 싶어 친척들조차 만나기를 꺼렸다. 결혼 얘기까지 오갔던 남자친구는 예민해진 은선씨를 어떻게 대해야 할지 몰랐고, 은선씨는 자신의 마음을 이해해주지 못하는 남자친구에게 헤어지자고 했다. 그러자 더는 만날 사람이 없었다. 잠을 편하게 잔 날도 없었다. 하지만 이 정도 사건을 겪은 유가족에게는 너무나 당연한 일이라고 생각했다. 그렇게 3년이 지났을 때, 우리 병원 간호사인 사촌 동생의 권유로 병원에 왔다.

"그동안 힘드셨을 텐데 잘 오셨습니다. 많이 좋아질 수 있을 거예요."

그동안의 일상과 증상을 전해 들은 뒤 나는 말했다. 은선씨는 의아한 표정으로 물었다.

"제가 그렇게 안 좋은가요?"

트라우마를 겪은 분들 중에서도 오히려 증상이 더 심한 분들, 특히 사건으로 오랫동안 고생한 분들은 종종 이렇게 되묻는다. 전문가가 아닌 사람들이 보기에도 고통 속에서 지내고 있는 게 분명한데 정작 본인은 잘 모른다. 오랫동안 지속되는 트라우마로 인한 고통과 한 몸이 되어 그 자체를 자연스럽게 받아들이는 것이다.

잠도 잘 못 자지 않냐고 묻자, 은선씨는 원래 그런 거 아니냐고 반문했다. 사건 이전에는 잘 잤다고 하지 않았느냐고 물어도, 그

때는 그랬지만 이런 일을 겪으면 다들 못 잘 수밖에 없지 않느냐고 했다. 이후 실시한 정밀 심리평가에서도 증상은 심각한 수준으로 나타났다. 그나마 반복적인 사무 업무라 잠을 못 자고도 어렵지 않게 일할 수 있고, 직장에서 부담을 주는 동료가 없다는 건 다행스러운 점이었다. 이후 PTSD 약물치료와 간단한 상담으로 은선 씨의 증상은 많이 사라졌으며 친구들과도 조금씩 만나게 되었다.

"이제 다시 연애를 해도 되겠는데요?"

1년쯤 지난 시점에 내가 말했다.

"안 그래도 친구들이 소개팅을 해주려고 해서 고민이에요."

나는 충분히 할 수 있을 것 같다고 격려했다. 은선씨 스스로도 병원에 처음 왔을 때와는 정말 달라졌다며, 그때는 왜 안 좋은 게 당연하다고 생각했는지 모르겠다고 이야기했다. 트라우마를 겪은 분들에게는 이런 일이 흔하다.

트라우마 사건을 겪고 나면 성격이 변하나요?

40대 여성 지영씨는 상급자의 성추행과 스토킹으로 인한 감정조절 어려움, 불면, 불안 증상으로 응급실을 방문한 뒤 폐쇄병동에 입원했다. 입원 후 과각성이 심해 조그만 자극에도 쉽게 놀라고 밤에 병동을 도는 간호사의 작은 발걸음에도 잠을 깼다. 고용량의 약물치료를 하면서 증상이 차츰 좋아져 퇴원을 하게 되었다. 다행히 증거가 여럿 있어 가해자는 직장에서 해고됐으며 지영씨는 산업재해로 승인받아 쉬면서 요양급여로 지냈다.

퇴원 후 몇 달이 지났을 때, 지영씨의 남편과 자녀가 따로 외래 진료 예약을 해 방문했다. 남편과 자녀는 사건 이후 지영씨의 성격이 변했다고 했다. 사건 이전에는 전혀 그러지 않았던 지영씨가 난폭 운전을 하기도 하고 끼어드는 차량이 있으면 심한 욕설을 퍼붓는다는 것이었다. 집에서도 사소한 문제에 과도하게 화내며 가족들을 비난한다고 했다. 이럴 때는 뇌 손상 여부를 먼저 고려해야 하지만, 입원 당시 촬영한 뇌 MRI 영상에 이상 소견이 없었던지라 뇌 손상은 배제했다. 혹시 고용량의 약물로 인한 과민성 증가일까 싶어 의심되는 약물도 조정했다. 하지만 가족들이 묘사한 이전의 성격으로 되돌아가진 않았다. 나는 트라우마 사건 때문에 갑자기 성격이 변하기는 어려우며, PTSD 증상의 일부라고 설명드렸다. 원래 지영씨가 얌전하고 참을성 많은 성격인 걸 아는 가족들은 이 말에 수긍했다.

하지만 원래 성격을 모르는 사람들은 PTSD 증상 때문에 과민한 모습을 보이는 트라우마 환자를 종종 오해한다. 대한민국 국민이라면 누구나 알 만한 대형 사고를 겪은 성민씨는 사고로 동료 10여 명을 잃었다. 그 이후 가끔 동료들이 사고에 대해 궁금해할 때면 성민씨는 격한 반응을 보였다. 특히 사고 이후로 술이 늘었는데, 회식 자리에서 그때 이야기만 나오면 흥겨웠던 분위기를 깰 정도로 화를 냈다. 동료들은 사고 때문에 힘든 상태라고 생각하기보다 성민씨의 성격이 이상하다고 여겼다. 성민씨는 동료와 있을 때뿐 아니라 집에서도 자주 언성을 높였다. 부인은 그 후유증을 이해했지만 아직 초등학생인 자녀들은 그러지 못했고, 아빠를 무서워하기 시작했다.

부인의 권유로 병원을 방문한 성민씨는 스스로도 사고 이후 성격이 달라진 걸 느꼈다고 했다. 그는 이런 모습 때문에 주변 동료들의 시선이 싸늘해진 것과 자녀들이 거리를 두는 것에 힘들어하고 있었다. 나는 성민씨를 검사하고 면담한 뒤 성민씨가 성격 변화라고 느꼈던 것이 사실은 PTSD 증상이라고 설명했다. 성격은 바꾸기 쉽지 않지만 증상은 치료될 수 있다는 격려와 함께. 성민씨는 다른 사람들에게 날 선 모습을 보이는 본인의 모습에 스스로도 괴로웠다며 치료를 받기 시작했다. 집과 직장이 멀어 자주 진료실에 오긴 어려웠기에 약물 위주로 치료할 수밖에 없었다. 그럼에도 차츰 증세가 좋아지자 가장 만족한 이들은 가족이었다. 집에서 자녀들에게 예민하게 굴던 것이 확연히 줄었고, 늘 노심초사하던 부인의 표정도 밝아졌다. 직장에서 예민하게 행동하던 것도 줄어들었다. 동료들의 기일이 가까워지면 한동안 증상이 올라오지만, 그래도 평소에는 티를 내지 않을 수 있게 됐다고 했다.

PTSD가 정신건강의학과 진단 기준에 포함된 것은 그리 오래되지 않은 1980년이다. 베트남전에 참전한 미군 장병들이 고국에 돌아온 후 적응하지 못하는 것이 심각한 사회문제로 대두되었다. 몸을 다치지도 않고 멀쩡하게 돌아온 참전 용사들에게 가정폭력, 직장 부적응, 실업, 알코올 의존 등의 문제가 나타난 것이다. 사회적 혼란이 워낙 광범위하게 일어나자 정신의학자와 심리학자들은 참전 용사들의 문제를 연구하기 시작했고, 현재의 개념과 크게 다르지 않은 진단 기준을 만들게 됐다. 그들은 나쁜 게 아니라 아픈 것이었다. 반전운동이 거셌던 당시 미국에서 베트남전 참전 용사는 환영받지 못하는 존재였고, 사회적인 문제가 대두되면서는 더더욱 나쁜 부류로 여겨졌다. 하지만 PTSD 진단 덕분에 이들에 대한 편견이 조금씩 걷혔다. 현재 미국에서 참전 용사에 대한 국가의 예우와 국민의 존경은 부러울 정도다.

우리가 범죄 피해자를 마음 깊이 안타까워하고 그들과 함께 분노하는 것은 범죄를 당한 게 그들의 잘못이 아니며, 남의 일이라기보다 우리도 충분히 겪을 수 있는 일이기 때문이다. 트라우마 분야의 권위자 주디스 허먼은 저서 『진실과 회복』에서 방관자 개념을 논한다. 트라우마를 겪은 분들을 위해 사회 구성원들이 나서서 회복을 도와야 한다는 것이다. 회복하려면 전문적인 치료와 함께 사회적 지지가 필수라고 그는 말한다.

말처럼 쉬운 일은 아니다. 그럼에도 주변에서 할 수 있는 어렵지 않은 방법이 있다면, 전문적인 평가와 치료를 받도록 안내하고 설득하는 것이다. 트라우마를 겪은 이들 중에는 평가나 치료를 꺼리는 사람이 많은데, 그러려면 트라우마 이야기부터 꺼내야 한다는 생각 때문이다. 하지만 전문가들은 그런 점을 충분히 이해한다. 트라우마에 대한 기억을 세세하게 꺼내지 않으면서도 치료를 시작할 수 있는 방법은 얼마든지 있다.

트라우마 사건을 겪으면 다들 후유증으로 고생하나요?

서영씨는 남자친구에 의한 살인 미수 피해자로 스마일센터 임시숙소에 들어왔다. 머리와 얼굴 등에 상해를 심하게 입어 어느 대학병원에 입원한 후 퇴원했으나, 피해 장소였던 본인의 집에 도저히 들어갈 수 없어 임시숙소를 신청했다. 나는 스마일센터에 처음 의뢰됐을 때뿐 아니라 입소 후 사례 회의 때도 서영씨의 상황에 대해 들었다. 남자친구의 죄목이 살인 미수가 될 정도로 심각한 트라우마를 겪은 뒤라 심리적 후유증이 걱정됐다. 그러나 적지 않은 기간을 입원했던 대학병원에서는 신체 외상만 치료하고 정신건강의학과 협진은 의뢰하지 않았다.

센터에 들어와서는 심리치료뿐 아니라 정신건강의학과 진료도 필요할 거라 판단해 서영씨를 직접 상담했다. 얼굴과 머리, 손, 팔에 상흔이 아직 있었지만 서영씨는 차분하게 상담에 임했다. 그녀는 최근 공무원 임용이 확정됐고, 지방으로 거처를 옮길 예정이었다고 했다. 다행히 입원 중 가해자가 구속된 상태라 당장은 신변의 위협이 없었다. 사람을 잘못 사귀었다는 자책을 내비치기는 했지만 죄책감으로까지 나아가지는 않았고, 사건 당시 경황이 없는 상태에서 했던 대처 행동도 스스로 다행스럽게 여겼다. 재경험, 과각성 증상도 뚜렷하지 않아 잠도 잘 자고 임시숙소에서 만족하며 지낸다고 했다. 이처럼 트라우마 사건의 심각성에 비해 발현된 증상과 후유증이 적은 사례도 있다.

30년 가까이 지났지만 여전히 PTSD 연구의 대표 격인 케슬러의 1995년 연구에 따르면, 평생 한 차례 이상 트라우마 사건에 노출되는 여성의 비율은 51.2퍼센트에 달했다. 하지만 그중 26.4퍼센트만 PTSD를 앓았다. 즉 트라우마 사건을 겪은 사람의 73.6퍼센트는 심각한 후유증을 겪지 않았다는 것이다. 여러 종류 중 성폭행 범죄로 인한 PTSD 유병률은 45.9퍼센트, 물리적 학대 범죄로 인한 유병률은 48.5퍼센트로 특히 높았다. 하지만 같은 범죄를 겪었더라도 다른 절반에게선 PTSD 진단을 할 정도의 후유증이 나타나지 않았다.

따라서 꼭 짚고 넘어가야 하는 부분은, 범죄를 겪은 모두가 심리치료나 약물치료를 필요로 하는 건 아니더라도 정신건강에 대한 평가는 꼭 받아야 한다는 것이다. PTSD 등 정신건강 문제가 생길 확률이 적지 않기 때문이고, 정신건강 문제는 본인이 정확하게 평가하기 어렵기 때문이다. 다른 질병도 마찬가지지만 PTSD도 조기에 진단할수록 치료를 빨리 할 수 있다. PTSD에는 '이 시기를 놓치면 회복할 수 없다'라는 식의 골든 타임은 사실상 없다. 그래도 진단 기준에 해당되는 사건이 발생한 후 1개월 안에 받아보는 것을 권한다. 늦어도 3개월 내에는 평가를 받아야 트라우마로 인한 후유증을 예방하는 데 도움이 될 것이다.

PTSD를 진단하기 위한 팁

—

정신건강의학과에서 사용하는 진단 기준 가이드라인인 『정신질환 진단 및 통계 매뉴얼DSM-5』에서 PTSD는 제일 상세하고 복합한 진단 기준을 가지고 있다. 정신건강의학과 의사조차 진단 기준 전체를 외우기 어려울 정도다. 그만큼 PTSD는 진단 자체가 어렵다. 인터넷에서 쉽게 찾을 수 있는 자기보고식 설문으로 스스로 PTSD를 진단하는 건 불가능하다. 진단은 오직 전문가와의 면담을 통해서만 이뤄질 수 있다. 또한 한 차례의 면담으로는 확진을 내리기 어려울 때가 많고, 정기적인 경과 관찰이나 면밀한 종합심리평가의 도움을 받아야 할 수도 있다.

PTSD는 트라우마 사건이 일어난 뒤 1개월 이상이 지난 시점부터 진단할 수 있다. 즉, 사건 발생 직후에는 PTSD로 진단하지 않는다. 1개월 내에 나타나는 트라우마 반응은 병적인 반응이라기보다 자연스러운 반응일 수 있고 충분한 안정 등을 통해 자연스럽게 회복할 수도 있기 때문이다. 사건 후 한 달 내에 증상이 극심해 진단이 필요할 정도라면 PTSD 대신 급성스트레스장애 Acute Stress Disorder, ASD 진단을 사용할 수 있다. 초기에는 증상이 미미했다가 시간이 한참 지난 뒤에 나타난다면 '지연되어 표현되는 경우'로 부른다. 하지만 뚜렷한 악화 인자가 있는 게 아닌 이 상 이런 일은 흔치 않다. 피해자의 증상이 초기에는 심하지 않아 도 나중에 심해질까봐 가족들이 걱정할 때가 많은데, 그때는 가능 성이 낮은 일이라고 안심시켜드린다.

마지막으로, PTSD 증상이 심해져 조현병 등 중증 정신 질 환으로 진행될까봐 걱정하는 분도 많다. 인터넷에 떠도는 잘못 된 정보를 본 것이다. PTSD와 조현병은 명백히 다른 질환이며, PTSD가 조현병으로 이어진다는 의학적인 근거는 없다.

3장

화마가 지나간 자리

—마음과 뇌, 몸에 남겨진 흔적

01   몸에 새겨진 기억

병원 진료실이 아닌 곳에서 트라우마 환자분들을 만나온 지 어느새 15년이 넘었다. 개인적인 부족함을 느끼는 데다 워낙 변수가 큰 영역이라 시간에 비해 밖으로 내보일 만한 것은 많지 않다. 잔혹한 상황 속에서도 희망과 변화를 만들어나가는 초인적인 여정을 함께할 기회를 가진 직업이다보니 따뜻하게 마음에 남는 기억들이 있기는 하다. 그럼에도 이 길을 가면 갈수록 머릿속에 떠오르는 것은, 트라우마를 다루는 의사가 되기 전에 만났던 환자와 가족들이다. 누군가는 잘못된 진단으로 적절한 치료를 받지 못했고, 또 누군가는 용기 내어 숨겨진 트라우마를 밝히려 애썼음에도 치료자인 내가 알아채지 못해 기회를 놓쳤다. 비슷한 증상을 이유로 찾아온 이들을 만날 때마다 과거의 몇몇 분들이 떠오른다. 그리고 신참 시절의 의사가 놓친 고통에 대해 속죄하는 마음과 함께, 그때 그 환자가 이제는 고통에서 벗어나 있기를 기도하듯 바라게 된다.

어렸을 때 나를 키워주신 분이 할머니여서인지 유독 여성 노인 환자들을 만나면 더 마음이 쓰였다. 전공으로 소아정신과를 택한 것 또한 개인적인 이유에서였는지도 모르겠다. 고통스러워하는 어른들에게는 아무리 치료자로서 마음을 가다듬으려 해도 어느 순간 마음이 흐트러진다. 그래서일까, 과거에 만났던 환자 중 유독 자주 생각나는 분이 있다.

순이 할머니는 내가 주치의로 맡았던 환자는 아니었다. 하지만 내가 수련받던 병원에 워낙 오랜 기간 단골처럼 다니던 분이라 주치의가 아니더라도 종종 만날 수밖에 없었다. 초기 진료 기록은 찾을 수 없었지만(나는 전산화가 본격적으로 시도되기 전, 종이 서류로 의료 기록을 저장하던 시기에 수련을 받았다. 그런 기록들은 보관 기한이 지나면 폐기되었다), 경력이 제일 오래된 교수보다 먼저 이 병원을 다녔다는 말까지 나왔다. 보호자로 항상 함께 오시던 할아버지 역시 병원 안에서 모르는 곳이나 직원이 없었다. 신규 전공의가 병원의 지리나 행정을 파악하지 못해 헤매고 있으면 대신 해결해줄 정도였다.

병원 붙박이처럼 입원과 퇴원을 반복하던 순이 할머니는 고령임에도 별다른 질병이 없었다. 다만 정신건강의학과는 문지방이 닳도록 드나들었다. 퇴원 수속을 밟다가도 마음을 바꿔 입원을 연장하겠다며 고집을 피우기도 했다. 순이 할머니는 손이 많이 가는 증상이나 문제를 보이는 분은 아니라서, 전공의나 간호사한테는 딱히 어려운 사례도 아니었다. 하지만 의사 입장에서는 언제나 좌절감을 느낄 수밖에 없었다.

아는 것 하나 없는 신입 전공의라도 환자들의 다양한 증상을 접하며 공부하다보면 "이제 이 과목 진료는 꽤 하지!"라며 우쭐댈 때가 온다. 하지만 우리 의국 전공의들은 그런 순간을 즐길 수가 없었다. 과대망상과 우쭐함에 살짝이라도 빠져들려 하면 어김없이 순이 할머니가 나타났던 것이다. 그러곤 짚으로 지어진 집을 무너트리듯 우리의 비대해진 자아를 폭삭 날려버렸다.

순이 할머니는 우리가 아는 모든 지식, 약, 상담 기법을 총동원해도 아주, 아주, 아주, 아주, 아주, 아주 조금도 나아지지 않았다. 우리도 우리 나름대로 밤새 최신 논문을 뒤져 약 조합을 바꿔보거나, 새로 개발된 상담 기법을 활용해보거나 했다. 그러나 할머니의 식사량이나 통증 호소가 약간이라도 나아진 듯해 기뻐할 즈음이면 여지없이 "뭘 해도 낫는 게 없어!"라며 울음을 터뜨리시는 것이었다. 그럴 때마다 좌절하고 어쩔 줄 몰라하는 후배 전공의에게 선배들은 "나도 똑같았어. 할머니한테는 뭘 더 하려고 하지 말고 마음을 비워"라며 귀에 닿지 않는 위로를 전하곤 했다. 그제야 초짜 전공의는 '왜 선배들이 이 불쌍한 할머니를 위해 노력을 안 할까, 왜 다른 치료법을 시도하지 않았을까, 내가 해보겠다!' 하던 자신의 마음이 얼마나 오만한 것이었는지 깨달았다. 즉 순이 할머니는 우리나라에 도입된 기법과 신약은 모두 다 경험해보신, 한국 정신건강의학사의 산증인 같은 분이었다.

할머니는 낫지 않으니 다른 병원에 가겠다며 벽돌처럼 두꺼운 의무기록을 다 떼어간 뒤, '거기서도 못 고치네!'라며 불만 어린 표정으로 돌아오시곤 했다. 머리를 짜낼 대로 짜내도 답을 못 찾은 치료자들은 순이 할머니가 자상한 할아버지의 관심과 애정을 바라서 아프다는 호소를 이용한다고 생각하기까지 했다. 어떤 날에는 그저 의료진들을 골탕 먹이려고 증상을 만들어내시는 게 아닐까 하는 의심을 품기도 했다. 그만큼 순이 할머니의 증상은 매일 달랐고, 예측할 수 없었으며, 어떤 때는 이유 없이 사그라들기도 했다. 아무런 차도가 없음에도 덜 아프다며 불쑥 퇴원을 조르실 때도 있었다. 순이 할머니의 진단과 치료 계획에는 언제나 물음표가 따라다녔다. 하지만 이제 와 곰곰이 생각해보면, 할머니의 증상이 더 자주 악화되는 것은 보통 여름이 시작될 때였다. 당시에는 전공의들이 보통 여름에 휴가를 갔기에 순이 할머니의 담당 전공의들은 본인 휴가 때 할머니가 입원하시진 않을까 신경을 썼다. 한때 계절성 우울증도 의심했으나 병력이 일치하지 않아서 의심 진단에서 제외되었을 정도다. 하지만 점점 트라우마 진료 경험이 쌓이다보니, 할머니의 반복적인 증상 악화가 사실은 '기념일 반응 Anniversary Reaction'이 아니었을까 하는 생각이 든다.

지금 생각해보면 순이 할머니의 신체적 고통은 우울증 환자의 그것과는 결이 달랐다. 증상이 올라오면 불에 덴 아이처럼 어쩔 줄 몰라 하셨다. 평상시에는 조용하고 차분한, 누구든 시골집에 가면 친근하게 맞아줄 것 같은 고운 할머니가 통증의 지배를 받을 때는 마치 다른 사람 같았다. 기본적인 인지 기능이 나쁜 것도 아니어서 치매 검사에서도 이상이 없다고 나왔다. 심한 우울증 또는 조현병 환자가 대부분인 폐쇄병동에서, 잘 생활하시다 갑자기 '나 죽네' 하며 돌변하시는 할머니는 참 이질적으로 보였다. 할아버지와 차분히 TV를 보시다가도 등짝이나 가슴이 쥐어짜는 것처럼, 터져나갈 것처럼, 오장육부가 다 뒤틀리는 것처럼 아파서 죽을 것만 같다고 했다. 고통이 얼마나 절절했는지 할머니는 얼굴을 다 붉혀가며 눈물을 뚝뚝 흘리셨다. 그런 통증이 시작되면 온몸이 깨질 것처럼 아프다서, 웬만한 중환자들도 감당 못 할 만큼 많은 약을 처방해도 잠들지 못하고 밤새 뒤척였다. 그렇게 몇 주 증상이 심해졌다 누그러졌다를 반복하고 나면 어느새 잠잠해지는 시기가 왔다. 할머니는 평온한 표정으로 다음에 볼 때까지 잘 있으라며 인사를 건네고는 할아버지와 함께 퇴원하셨다.

당시에는 알쏭달쏭하던 순이 할머니의 모습을 떠올릴수록 이런 생각을 하게 된다. 할머니를 지금의 내가 만났다면, 그 형용할 수 없던 여름의 고통에 대해 어떤 다른 질문을 할 수 있을 것인가?

이상하게 요새 약이 안 듣네요

방실 아주머니에게는 오래된 불면 증상이 있다. 오랜 기간 한 지역에서 제법 이름난 식당을 운영 중인 그녀는 다부진 체격에 좀처럼 잔병도 안 걸리는 강철 체력을 자랑한다. 툭하면 감기 걸린 목소리로 진료를 보는 내게 의사가 몸 관리를 그렇게 해서 어쩌냐며 따뜻한 쓴소리를 할 정도였다. 하지만 그런 거침없는 목소리에서 유독 힘이 빠질 때가 있다. 그럴 때 아주머니는 말수도 표정도 평소와는 달라져, 물에 젖은 듯 착 가라앉아 있다.

"요새 이상하게 약이 안 듣네요. 약 좀 올려주세요."

그제야 나는 미리 달력을 챙겨 보지 않은 내 미련함을 탓한다. 그녀가 애지중지 키우던 첫아이가 30여 년 전 이즈음 세상을 떠났기 때문이다. 그녀는 오랜 시간 그 고통을 안고 살아가는 법을 터득했다. 하지만 여전히 그 시기가 되면, 아이가 떠났을 때처럼 꽃가루가 날리기 시작하면, 지금 당장 아이 잃은 어미가 되어버린다.

이 사실을 알게 된 것은 방실 아주머니가 간헐적인 불면증으로 진료받기 시작한 지 몇 년이나 지난 뒤였다. 방실 아주머니는 치료가 장기화되면서 투약을 규칙적으로 못 하거나 생활 관리가 흐트러지곤 하는 보통의 환자들과는 달랐다. 오랜 식당 생활이 몸에 익어서인지 루틴이 된 것은 절대 어기는 법이 없었다. 그렇기에 같은 치료를 유지하고 있었는데, 그럼에도 특정 시기에만 증상이 악화되는 것을 설명할 다른 요인이 없었다. 그러다 나는 문득 증상이 나빠지는 시기가 매해 일정하다는 사실을 발견했다.

"항상 이달이면 잠을 못 주무시네요. 이달과 다른 달의 차이점이 뭘까요?"

내 질문에 방실 아주머니의 표정이 확 구겨졌다. 어떻게 보면 약간 기괴하기까지 한 표정 변화였다. 몇 년간 진료했어도 이런 얼굴은 본 적이 없었기에 나도 당황해서 잠시 질문을 멈추었다. 그사이 방실 아주머니는 벌떡 일어나 진료실을 나가버렸다.

아주머니가 병원을 다시 찾은 건 일주일 뒤였는데, 다행히 평소의 당당한 태도와 다부진 모습을 되찾은 상태였다. 하지만 일상적인 인사 후 그녀는 다시 입을 꾹 다물며 눈을 둘 곳을 모른 채 안절부절못했다. 그 모습에 나까지 덩달아 긴장하는 사이 방실 아주머니가 이야기를 꺼냈다. 자신도 그 일과 증상을 연결 짓지 못했는데, 내 얘기를 듣고 보니 첫아이를 잃은 것이 30여 년 전 이달이었다는 것이다. 지난 진료 때는 너무 당황해서 그만 도망치듯 나가버렸다. 그런데 곰곰이 생각해보니, 아이를 잃고 지금까지 꼭 이달만 되면 불면증이 심해진 것 같다고 했다.

"제가 그 애를 잃고 충격을 받기는 했어요. 자식 잃은 어미가 왜 힘들지 않았겠어요. 하지만 그 뒤로 애를 둘이나 더 낳았고…… 걔들이 벌써 성인이에요. 이제는 시간이 많이 지나기도 했고, 식당 일도 워낙 바빠서 그 애를 떠올릴 정신도 없었어요. 그런데 어떻게 그 애가 떠난 때만 되면 증상이 생길 수 있나요? 제가 떠올리지도 않는 일로 그럴 수가 있어요?"

기념일 반응이란 충격적인 사건이 일어난 시기가 매해 돌아올 때마다 그 경험을 다시 하는 것이다. 꼭 당시만큼은 아니어도 어느 정도 재경험 증상을 겪게 된다. 인간의 뇌는 참 오묘해서, 의식하고 있지 않더라도 이런 마법 같은 현상을 일으킨다.

내 설명에 방실 아주머니는 어이없어했다.

"그럼 매년 과거 일로 저를 공격하는 불면증에 시달려야 한다는 말인가요? 너무하잖아요. 아이를 잃은 것도 속상한데, 그걸 떠올리게 하는 증상이 꼬박꼬박 돌아온다니요."

이런 억울한 심정도 당연하다. 기념일 반응은 그 반응을 유발한 사건과 이후의 대처, 환경이 회복에 도움을 주느냐에 따라 다 다르지만 시간이 지나며 누그러지는 것이 보통이다. 과거에 부모가 돌아가시면 삼년상을 치렀던 것도 그만큼의 애도 기간을 보내면 기념일 반응이 어느 정도 안정됐기 때문이었을 것이다. 하지만 방실 아주머니에게는 애도에 집중할 여유가 없었다. 의도치 않게 연달아 갖게 된 아이들을 키우며, 복잡한 가정사와 식당 운영 사이에서 살아남느라 고군분투해야 했다. 그사이 애도 감정은 전혀 소화되지 못한 채 그녀의 뇌 속에 저장되어 있다가 새해가 되고 계절이 바뀔 때마다 돌아왔던 것이다.

이상하게 온몸이 아플 때가 있어요

적극적으로 삶에 부딪쳐가며 생존해온 방실 아주머니에게 기념일 반응은 조금 불편한 정도의 불면증으로 나타났다. 하지만 어려움에 대처하는 자세는 사람이나 상황마다 다르다. 사건이 크면 클수록 증상이 다양해지기도 한다. 『몸은 기억한다』의 저자이자 30여 년간 트라우마 환자를 치료해온 정신건강의학과 의사 베셀 반데어 콜크는 트라우마 증상이 바로 몸으로 나타난다는 점을 강조했다. 그의 표현에 따르면 과거는 '그저 과거 한때 일어난 끝난 사건이 아니라, 그 경험이 마음과 뇌, 몸에 자국으로 남을 수 있'으며, 이 자국은 '인간이라는 유기체가 현재를 살아내는 데 지속적인 영향을 미친다'.

방실 아주머니에게 남은 몸의 자국은 불면증이었지만, 순이 할머니를 평생 괴롭힌 온몸의 통증은 차마 말로 표현할 수 없는, 또는 자신조차 인지하지 못하는 어떤 트라우마의 자국이었을 수 있다. 그 자국은 수십 년간 그녀를 돌보던 의료진도, 그보다 오랜 세월 그녀의 곁을 지키며 보살핀 남편도 지울 수 없었다. 사실 글을 쓰고 있는 이 순간까지 되돌아봐도 잘 모르겠다. 그 정도 고통이라면 밝히는 게 과연 할머니를 돕는 일일지, 오히려 감당할 수 없는 판도라의 상자를 열게 하는 일일지를.

기념일 반응을 다루기 위한 팁

—

사건의 기억도 아픈데 매해 기념일 반응이 돌아오기까지 한다니, 너무 잔인하다는 생각이 들 수 있다. 하지만 뇌가 보이는 모든 증상의 기저에는 우리를 보호하기 위한 메커니즘이 있다. 우리는 아픈 충격만이 아니라 좋았던 기억도 매해 다시 떠올린다. 벚꽃이 피기 시작하면 좋아하는 사람과 나들이 갔던 일이 생각나고, 연말이면 그해 들떴던 기억이 하나둘 떠오른다. 시기에 맞는 과거를 회상하는 현상은 우리 뇌가 잘 작동하고 있다는 신호이기도 하다. 하지만 이런 기억이 무의식에 남아 증상을 일으킨다면? 나를 보호하려는 메커니즘이 잘못 작동하고 있다는 신호다.

기념일 반응이 일상에 방해가 될 정도라면, 즉 매해 비슷한 시기에 설명하기 어려운 증상이 생긴다면, 과거 해당 시기에 뭔가 충격을 남길 만한 사건이 없었는지 차분히 떠올려보자. 특정 증상이 어느 시기에만 반복되거나 유독 두드러지며, 동시에 그 시기에 충격적인 사건을 겪은 적이 있는가? 그렇다면 이는 몸이 내게 보내는 귀중한 신호, 즉 몸과 마음을 더 돌봐야 한다는 신호일 수 있다. 기념일 반응을 알아챘다면 나 자신에게 그 사건을 충분히 소화할 시간을 주어야 한다. 상실과 애도를 견디는 방법은 사람마다 다르다. 애도의 장소에 다시 가볼 수도 있고, 그 당시 의미 있었던 것들을 떠올려볼 수도 있다. 여기에 정답은 없다. 그러나 정답을 찾으려고 노력하는 마음이, 내게 중요한 그 기억을 고통으로만 남게 하지 않을 열쇠가 될 것이다.

02

가해자 아닌
피해자를 비난하는 사람들

　스마일 센터에서 상담받는 분들이 한결같이 염려하는 것은 비밀 보장과 보안이다. 센터는 예약된 대상자만 출입할 수 있으며 신원과 상담 내용 등에 대한 보안은 철저히 유지된다. 그럼에도 실명 사용이 마음에 걸려 가명으로 상담을 받는 분들이 꽤 있다. 자신이 피해자가 되었다는 것을 주변 사람들이 알게 될까봐 두려운 것이다.

사람들이 무심코 내뱉는 말은 또 다른 트라우마가 된다

　"그냥 묻어둘걸 괜히 말했나 싶어요. 제가 잘못한 것도 아닌데 왠지 죄인이 된 것 같고, 아무도 모르는 데 숨어버리고 싶은 심정이에요. 제 얼굴에 성추행 피해자라는 낙인이 찍혀 있는 것 같아서 거

울도 못 보겠어요. 이러다 미치는 거 아닐까요."

어느 날 퇴근길에 낯모르는 사람의 성추행을 당한 규영씨는 담당 경찰관의 연계로 센터에서 심리상담을 받게 되었다. 사건 당시 그는 들고 있던 가방으로 가해자를 내리치고 큰길로 달려 나와 남자친구에게 도움을 요청했다. 한걸음에 달려와 함께 경찰서로 가 신고할 때까지만 해도 남자친구가 자신을 보호해주는 듯해 안도감이 들었다. 하지만 집에 돌아오는 길에 들은 말은 규영씨 마음에 비수처럼 꽂혀 사라지지 않았다.

"그러니까 이렇게 짧은 치마 입고 다니지 말라고 했잖아. 이러고 밤늦게 다니니까 당하는 거야."

집에 돌아와 엄마와 언니에게 이 일에 대해 말했을 때도 상황은 다르지 않았다. 엄마는 위로하긴커녕 어떻게 이런 일이 내 딸에게 일어날 수 있냐, 속상해서 미치겠다며 화를 냈다. 그러면서 일찍 좀 다니라든지 옷이 그게 뭐냐는 등 남자친구가 했던 말을 반복했다. 센터에 온 규영씨는 자꾸 성추행 당시의 장면이 떠오르고 엄마와 남자친구가 했던 말이 귀에서 맴돈다며 괴로움을 호소했다.

가까운 사람의 잘못된 반응으로 상처가 커지는 건 안타깝게도 흔한 일이다. 피해자를 비난하고 낙인찍는 것은 가장 흔하게 보고 되는 부정적 반응으로 트라우마에서 회복하는 데 큰 방해물이 된다. 주변의 반응은 피해 당사자가 그 사건과 자기 자신을 어떻게 해석하는지에 지대한 영향을 미치기 때문이다.

규영씨 어머니나 남자친구가 보인 것은 대표적인 자기중심적 반응이다. 피해자의 고통보다 본인의 감정에 더 초점을 두는 것이다. 자녀의 범죄 피해 사실을 알게 된 부모들이 흔히 보이는 반응인데, 이럴 때는 가족도 함께 상담받는 것이 좋다. 피해자에게 상처를 주니 지양해야 할 말과 행동에 대한 심리 교육, 혹은 가족의 범죄 피해를 지켜보는 고통을 줄여주는 상담을 받을 수 있다.

가해자 대신 피해자를 비난하는 또 다른 이유는 자기 자신을 보호하려는 인간의 심리에서 비롯된다. 계속해서 안전한 상태에 있고 싶어하는 것이다. 그러려면 이런 끔찍한 사건은 누구에게나 일어날 수 있는 일이 아니어야 한다. '나는 피해자와는 다른 사람이야' 하고 심리적 거리두기를 한 뒤, '그러니 나는 그 피해를 보지 않을 거야' 하고 자기 자신을 위험의 범주에서 제외하려는 마음이 밑바닥에 깔려 있다. 세상은 공정하고 나쁜 사람에게 벌을 주고 착한 사람에게는 보상해야 한다는 생각, 드라마의 결말은 해피엔딩이어야 하며 인과응보의 원칙을 따라야 한다는 믿음이 피해자를 비난하게 만들기도 한다. 세상이 공정하다고 믿으려면 피해자는 잘못한 게 뭐라도 있어야 한다. 이를테면 특정한 행동이나 옷차림, 태도 등이 피해자를 범죄에 더 노출시켰을 거라고 가정하는 것이다. 이런 마음은 무의식적으로 피해자의 잘못을 찾아 비난하는 것으로 이어진다. 이렇게 함으로써 자신과 피해자 사이에 경계를 만들고, 자신은 이런 불운의 주인공이 아닐 거라고 스스로 방어하는 것이다.

어떻게 하면 주변의 시선에서 벗어날 수 있을까요

재원씨의 아버지는 작업장에서 동료와 칼부림하다가 사망했다. 주변에 알리지는 않았다. 어쩌다 돌아가셨는지 설명하기가 난감하기도 했고, 아버지와 싸웠던 동료분도 크게 다친 터라 상대방의 가족이 장례식장에 와 소란을 피울 게 걱정되었기 때문이다. 이에 아주 친한 어릴 적 친구 둘에게만 부고를 전하면서 시신 운구를 부탁했다. 비통한 죽음을 애도할 겨를도 없이 재원씨를 괴롭힌 것은 주변의 시선이었다.

"내년 봄 결혼하려고 했어요. 그런데 여자친구 집에서 절대 안 된다며 반대하고 있습니다. 여자친구도 위로는 해주지만 부모님 핑계를 대며 결혼을 망설이는 것 같기도 하고요. 제가 그동안 얼마나 잘했는데…… 서운함을 넘어 배신감까지 듭니다. 아버지가 원망스럽기도 하고요."

재원씨는 돌아가신 아버지가 사람을 다치게 한 가해자이니 그 죄를 자신이 대신 갚아야 하는 것처럼 이야기했다. 비극적인 사고로 아버지를 잃은 피해자인데도 말이다.

"저와 가족 모두한테 흠집이 생긴 것 같아요. 사람을 만나는 것도 두렵고, 동료들 얼굴 쳐다보는 것도 왠지 피하게 됩니다."

자기 잘못이 아닌 일로 주변의 편견 어린 시선을 받는 것은 당해보지 않은 사람은 알 수 없는 고통이다. 이러한 시선에 자기 자신을 동일시할 때 문제는 더 커진다. 자신을 결함 있는 존재로 정체화하고 자신이 사람들에게 부정적으로 보이리라 여기는 것이다. 이처럼 사회적 낙인을 스스로에게 가하는 것을 '자기 낙인'이라고 한다. 이는 자아 존중감을 손상시키고, 정신건강에 심각한 문제를 일으킬 수 있다.

재원씨에게는 트라우마나 애도 증상에 대한 치료보다 자기 낙인의 덫에 빠지지 않고 일상을 회복하는 일이 더 중요해 보였다. 이를 인지할 수 있도록 트라우마 발생 이후 주변의 잘못된 시선을 스스로에게 고착시키는 악순환 과정에 대해 설명했다. 남이 어떻게 생각하고 행동할지를 통제하는 것은 불가능하지만, 힘든 때일수록 '그럼에도 불구하고' 할 수 있는 일을 스스로 선택해서 하는 게 도움이 된다는 것도 얘기해줬다. 그때까지 주변의 시선에 갇힌 자기 자신에게만 집중하던 재원씨는 그제야 아버지의 장례를 제대로 치르지 못한 것에 대한 죄책감을 털어놓았다. 사람들한테 창피하다는 이유로 아버지를 잘 보내드리지 못했다는 것이다. 사실 재원씨는 주변의 부정적인 반응을 직접 경험하지도 않았다. 상상 속에서 지레 두려워하며 회피하고 있었던 것이다. 재원씨는 어머니도 걱정된다고 했다. 장례식 이후 어머니를 살피지 못하고 있었다는 사실을 깨달은 것이다. 이렇게 주변의 시선에 비친 자기 모습에서 가족과 현재의 삶으로 주의가 옮겨지면서 재원씨는 서서히 일상을 되찾았다.

3장 화마가 지나간 자리

센터에서 제공하는 서비스 가운데 '이제는 스마일'이 있다. 사례 팀에서 주관하는 이 프로그램에서는 상담이 종료된 후 회복된 분들의 가족사진을 찍어 액자에 담아드린다. 센터 근처 사진관에서 진행하는데 만족도가 꽤 높다. 이 프로그램을 통해 재원씨는 어머니, 누나와 함께 모두 웃는 얼굴로 한 장의 사진을 남길 수 있었다.

트라우마 치유는 혼자 할 수 있는 일이 아니다

트라우마 경험 자체보다 주변의 시선 때문에 더 고통받는 사람을 마주하는 것은 늘 어려운 일이다. 트라우마 증상을 완화해주는 치료법은 많지만, 부정적인 시선으로 인한 고통은 개인의 힘으로 어떻게 할 수 있는 일이 아니기 때문이다. 최선은 트라우마를 경험한 이들에게 어떻게 반응하고 다가가야 하는지 배우는 것일 테다.

일리노이대학의 범죄학 교수인 세라 울먼은 트라우마 발생 이후 주변의 반응이 개인의 정신건강에 미치는 영향에 대한 연구 51개를 체계적으로 검토했다. 그 결과 정서적 지지와 같은 긍정적인 반응이 트라우마성 질환을 예방해주지는 않았다. 한편 주변의 부정적 반응은 트라우마 증상을 악화시키는 매우 중요한 요인이었는데, 그중에서도 최악인 세 가지는 트라우마 생존자를 차별적으로 대하기, 통제하기, 방해하기 반응이었다.

'통제하기'는 트라우마 생존자를 약하고 무능한 사람처럼 대하며 중요한 의사 결정이나 일 처리를 대신하는 행동이다. 이렇듯 과도하게 통제하는 애인이나 가족과 함께 센터에 오는 사람이 종종 있다. 한번은 남자친구가 상담에 함께 들어오겠다기에 안 된다고 했더니 상담을 취소해버리는 일도 있었다. 이런 게 제일 안타까운 사례인데, 피해 여성이 성인이고 올바른 의사 결정을 충분히 내릴 수 있음에도 남자친구의 통제와 강요 때문에 심리상담을 받지 못하게 되었기 때문이다. '방해하기' 반응도 흔하다. 그만 생각하라는 말, 이제 잊고 네 인생 살라는 말, 남들에게는 비밀로 하라는 말 등이 대표적이다.

　트라우마로 고통받는 사람들을 어떻게 위로해야 할지 잘 모르겠다는 분들이 많다. 장례식장에 가도 눈빛으로 위로를 전하거나 친근한 사이라면 손을 잡아주는 게 고작이다. 축적된 연구들이 말해주는 바는 정서적인 위로나 지지보다 부정적인 반응을 하지 않는 게 훨씬 더 중요하다는 것이다. 그러니 뭘 어떻게 해야 할지 모르겠다면 적어도 마음에 상처가 될 말은 삼가도록 하자. 내가 지금 마주하는 사람이 내일의 내가 될 수도 있다는 마음으로 대하면 된다. 내가 받고 싶지 않은 대우라면 그 누구도 받고 싶지 않을 테니 말이다.

　트라우마로부터 회복하는 건 혼자 할 수 있는 일이 아니다. 주변에서, 온 사회가 함께할 때 길이 만들어진다.

위로를 전하기 위한 팁

—

내가 경험해보지 않은 타인의 고통을 이해하기란 어려운 일이다. 트라우마로 고통받는 가족과 지인에게 무슨 말로 위로를 전할지 모르겠다면 두 가지만 기억해두자.

첫째, 트라우마 초기에는 사건에 대해 자세히 물어보는 것이 오히려 해가 될 수 있다. 생존자의 마음이 아직 준비되지 않았다면 더 그렇다. 재촉하기보다는 옆에 지지하는 사람이 있고 언제든 들어줄 준비가 되어 있음을 알려주는 정도가 적절하다. 만일 생존자가 스스로 트라우마에 대해 이야기한다면 판단하지 않는 자세로 경청하고, 믿고 말해줘서 고맙다는 말을 전하자.

둘째, 지난 일을 한탄하거나 알 수 없는 미래에 대해 근거 없는 말을 하기보다 현재에 초점을 두는 것이 좋다. '이제 다 끝난 일이니 그만 잊어라' '괜찮아질 테니 걱정하지 마라'라는 식의 실체 없는 말은 위로의 효과를 잘 내지 못한다. 이보다 생존자가 현재 상태를 객관적으로 인식할 수 있도록 이제는 안전하다는 사실을 알려주고, 실제로도 편안하고 안전하다고 느낄 만한 환경을 조성해주는 게 더 중요하다.

사실 백 마디 말보다 시간을 내어 곁을 지켜주는 것, 따뜻한 눈빛으로 바라보는 것이 더 큰 위로가 될 수 있다.

자살하지 않는 이유

토니는 내가 처음으로 본 자살 위기 환자였다. 나는 그를 뉴욕주 서북 끝단에 있는 로체스터시 병원에서 만났다. 임상 심리 수련을 위해 간 그곳은 늘 구름 낀 날씨에 연중 절반은 눈이 오는 곳이었는데, 그래서인지 정신과 병동은 우울증 환자로 가득했다.

무표정한 얼굴, 큰 몸집, 긴장한 듯 경직된 자세……. 토니의 첫인상이었다. 동상처럼 입을 꾹 닫고 있는 그와 대화를 이어나가기란 쉽지 않았다. 사실 대화라고 하기도 무색하게 토니는 거의 말이 없었다. 그의 침묵이 길어지는 만큼 우울증의 깊이를 짐작할 수 없어 마음이 무거워졌다. 간간이 이어진 대화에서 알게 된 사실이라곤 우울증 약을 수년째 복용하고 있다는 것과 종일 집에서 한 발짝도 나가지 않고 소파에 앉아 있다는 것뿐이었다.

세션이 끝나갈 무렵 그가 던진 한마디는 그날 이후 내 뇌리를 떠나지 않았다.

"매일 자살을 생각합니다. 하지만 지금 죽지는 않을 겁니다."

적어도 지금은 자살하지 않을 거라는 단호한 말에도 내 마음은 다급해졌다. 그의 집에 총이 세 대나 있다는 것을 알게 되었기 때문이다. 누군가가 자살 생각을 털어놓는다면 구체적으로 생각해본 방법이 있는지, 있다면 그 방법에 접근할 수 있는지를 확인하고 그 접근성을 차단하거나 관리하는 게 급선무다. 그런데 토니는 이를 단칼에 거부했다. 본인이 소지한 총은 사냥총이며 자신의 보물 1호라는 것이었다. 집 안 안전한 곳에 잠금장치를 해서 보관 중이며 이를 없앨 생각은 추호도 없다고 했다.

여느 환자들과 달리 그는 어떤 고통도 호소하지 않았고, 우울에 대해 말할 때나 자살 생각에 대해 이야기할 때나 아무렇지 않다는 듯 덤덤했다. 첫 세션을 마친 뒤에는 솔직히 이 환자가 계속 치료를 받으러 올지 걱정됐다. 불안장애 환자들은 불안 증상의 불편감과 고통을 크게 인지해서 치료 동기가 높은 데다 성실한 사람이 많아 꼬박꼬박 치료를 받으러 오는 편이다. 반면 우울증 환자들은 몸을 움직여 집 밖으로 나오는 것 자체를 힘들어한다. 그날의 기분에 따라 예약을 취소하기도 하고, 약만 처방받아 집에 틀어박혀 있기도 한다. 특히 토니처럼 삶의 의지가 없고 고통이 몸에 배어 감정이 마비된 환자들은 치료 동기가 매우 낮다.

하지만 내 우려와는 달리 토니는 매주, 약속된 시간이면 어김없이 경직된 자세로 나타났다. 어떤 때는 대기실에 앉아 있는 그를 보며 '살아 있구나' 하는 안도의 한숨까지 내쉬었다.

"지난 한 주 어떻게 지내셨어요?"

그의 답은 언제나 같았다. 특유의 무표정한 얼굴로 "아무 일도 없었는데요Nothing"라고 한마디 하는 게 다였다.

토니는 무쾌감증이 주요 증상인 만성 우울증 환자였다. 어떤 일에도 흥미를 느끼지 못하고 아무런 욕구나 동기가 없으며 즐거움을 경험하는 능력이 상실되는 증상이 주를 이루었다. 흔히 우울증이라고 하면 매일 이유도 없이 눈물 나고 부정적인 생각과 감정으로 괴로워하는 상태를 떠올리지만, 우울증 환자 중에는 슬픔조차 느끼지 못하는 분들도 있다. 무쾌감성 우울증Anhedonic Depression 이라고 부르는 이것은 여성보다 남성에게서 더 흔히 나타난다. 주어진 일은 기계적으로 수행하기도 하고 우울감을 겉으로 잘 표현하지 않기도 해 주변에서 알아차리기 어려울 수 있다. 심지어 자기 자신조차 우울증인지 모를 때도 있다. 토니는 본인의 우울증을 인지하고는 있었지만, 그 상태에서 벗어나려는 의지나 동기가 전혀 없어 보였다.

토니는 전직 군인이었다. 이렇게 삶이 망가진 데는 군대에서 경험한 트라우마의 영향이 컸다. 군 상사의 지속적인 폭력에 저항하던 중 부대에서 왕따를 당해 외톨이가 됐다고 했다. 한 상사와의 불화로 시작된 불씨가 부대 전체의 문제가 되고, 그 이글이글한 화산의 중심에 서는 경험을 하면서 그는 믿었던 동료와 조직에 배신당한 비참함과 함께 온 세상이 자신을 등지고 있다는 느낌, 세상과 떨어져 홀로 남겨진 듯한 느낌을 받았다. 당시 자살 시도를 했는데, 정말 죽고 싶어서라기보다 '내가 죽으면 나를 괴롭힌 사람들이 처벌받겠지' 하는 복수심이 컸다고 했다. 군을 떠난 그는 분노와 자책으로 매일 술을 마시다가 우연히 불법 약물을 시작하게 됐다. 그 일로 결혼생활은 파탄 났고, 친구라곤 약을 함께 하는 사람들밖에 남지 않았다. 결국 불법 약물 제조에까지 손을 대 감옥에 다녀오기도 했다. 석방된 후 재활 센터에 다니며 중독에서는 벗어났지만, 그나마 옆에 있던 친구들마저 다 떠났다. 그렇게 토니는 세상과 단절된 채 살아가고 있었다.

자살하지 않는 이유

"적어도 지금 죽지는 않겠다고 했는데, 그 이유는 뭔가요?"
내 질문에 그는 이렇게 답했다.
"아이들 때문입니다."
토니는 전처와의 사이에서 난 두 아들을 언급하며 처음으로 옅은 미소를 띠었다. 그러면서 좋은 아빠로 남고 싶은 소망을 이야기했다. 최소한 아이들이 자신 때문에 고통을 겪지는 않기를 바라는 마음이 컸다. 아이들은 전처와 함께 살고 있는데, 보고 싶어도 죄스

러워 차마 연락하지 못했다고 했다. 못 본 지는 3년쯤 되었고 첫째
가 가끔 안부 전화를 한다고 했다. 그러면서 바지 주머니에서 지갑
을 꺼내 두 아이의 사진을 보여주었다.

"많이 그립겠어요."

그 말에 토니의 눈빛이 흔들렸다. 전처에게 연락해볼 수 있겠냐
고 묻자 마치 그 질문을 기다렸던 사람처럼 고개를 끄덕였다. 그러
더니 전처가 얼마나 이해심 깊고 좋은 사람인지 이야기하기 시작
했다. 그는 한 달에 한 번 정기적으로 아이들을 만날 수 있을지 논
의해보겠다고 했고, 이 작은 용기가 생각보다 큰 변화를 이끌어냈
다. 한 달에 한 번으로 시작했던 만남이 좀더 자주 연락하고 만나는
것으로 발전했다. 어느 날은 갑자기 머리를 염색하고 나타나 의아
해했더니, 아빠 흰머리가 많아졌다는 둘째의 말이 신경 쓰였다며
멋쩍게 웃는 것이었다.

아이들과의 관계가 호전되고 안정화되면서 그는 조금씩 즐거움
을 되찾아갔다. 또 그는 당시 만성 정신장애 진단을 받아 국가 보조
금으로 생활하고 있었는데, 어느 날부터 구직을 고민하기 시작했
다. 아이들에게 좀더 떳떳한 아빠가 되고 싶다는 거였다. 이런 변
화를 지켜보며 든 생각은, 열두 가지 죽을 이유가 있어도 단 하나
의 살아야 할 이유가 있다면 삶은 지속될 수 있다는 것이다. 그러
니 자살을 생각하는 사람에겐 '그럼에도 불구하고' 살아야 할 이유
가 무엇인지를 찾는 것이 중요하다. 대개 그 이유는 거창한 것이 아

니다. 지금 이 순간 자살하려는 마음을 주저하게 만드는 것이면 된다. 예컨대 늘 챙겨주던 길고양이에게 밥을 주지 않았다는 생각이 든다면, 그 또한 발길을 돌릴 이유로 충분할 수 있다.

외로움이라는 독약

인턴십이 끝나고 자살예방연구센터에서 자살 연구를 시작하고 나서야 토니가 매일 자살을 생각할 수밖에 없었던 이유를 좀더 분명히 이해하게 되었다.

자살 연구의 세계적 석학인 토머스 조이너의 『왜 사람들은 자살하는가』는 이후 자살 연구의 불쏘시개가 됐다. 아버지를 자살로 잃은 자살 유가족이기도 한 조이너는 자살하는 사람의 두 가지 마음을 기술했다. 하나는 좌절된 소속감이고, 다른 하나는 자신이 주변에 짐이 된다는 생각이다. 두 마음은 서로 연결되어 있다. 이 세상 누구와도 연결되지 못하는 경험은 사람을 극도로 외롭게 할 뿐 아니라 자신의 존재 가치를 부인하게 만들고, 자신이 쓸모없는 사람이라는 생각, 없는 게 더 낫다는 생각으로 이어질 수 있다. 우울증이 무서운 이유는 환자가 스스로 인간관계를 단절하거나 주변 사람을 떠나가게 만들며 고립되기 때문이다. 책에서 조이너는 자신의 아버지가 우울증과 경조증을 앓으며 가족들과 함께 살면서도 고립되어갔던 모습을 회상했다.

돌이켜보면 토니가 진정 원했던 바는 세상과 다시 연결되는 것이었던 듯하다. 군대에서의 트라우마, 약물 중독, 지독한 우울증보다 더 치명적인 독약은 외로움이지 않았을까. 적어도 고립과 단절 속에서 아빠로서의 삶과 정체성을 되찾는 과정이 그를 삶 속으로 다시 이끌어주었음은 분명하다.

자살을 막아주는 기적의 약이 존재한다면 좋겠지만 그런 것은 이 세상에 없다. 하지만 나는 병원이나 심리상담센터에 와서 자살을 이야기하는 사람이 있다면 반드시 그 사람을 살릴 기회가 있다고 믿는다. 죽고 싶을 정도로 고통스러워도 '여기 이 선생님이 나를 살게 해줄 수 있지 않을까' 하는 한 가닥 희망을 품고 그 자리에 앉아 있는 것이기 때문이다.

자살을 예방하기 위한 팁

—

자살을 생각하는 사람들은 모두 죽고 싶지만 동시에 살고 싶다는 양가감정을 느낀다. 예전에 학회 강연에서 짧은 영상을 봤다. 미국의 어느 강 다리에서 뛰어내리려는 사람을 경찰이 붙잡아 구조하는 장면이었다. 입으로는 "나를 그냥 둬라, 나는 죽을 것이다"라고 외쳤고 머리도 강을 향해 있었지만, 몸은 다리 안쪽을 향해 뒤틀리고 있었다. 인간의 생존 본능이 얼마나 강한지를 단적으로 보여주는 장면이다.

강연에서는 자살 시도 후 생존자들의 이야기도 이어졌다. 이들이 하는 공통된 이야기 중 하나는, 당시엔 자살 외에 다른 방법이 전혀 없는 것 같았지만 막상 그 순간이 지나면 살게 되더라는 것이었다. 그리고 그때 자신이 살아남도록 도와주었던 이들에게 고마움을 느낀다는 것이었다. 그들은 자신의 이야기를 가감 없이 들어준 친구이기도 하고, 죽으려고 모아둔 약들을 치워준 가족이기도 하며, 강으로 뛰어내리려던 자신을 붙잡아준 경찰이기도 했다.

주변에 자살하려는 사람이 있으면 어떻게 해야 할지 몰라 두려울 수 있다. 이때 두 가지만 실천해도 자살로부터 그 사람을 지킬 수 있다. 첫째는 자살의 도구가 될 만한 물건을 치우거나 방법을 차단하는 것이고, 둘째는 그 사람을 혼자 두지 않는 것이다. 복용하고 있는 약이 있다면 대신 보관해주는 것도 도움이 된다. 또한 누군가가 자살할까봐 걱정된다면 자살에 대한 생각을 직접적으로 물어보는 것이 좋다. 자살을 생각하는 사람은 그에 대해 들어줄 누군가만 있다면 말하고 싶어한다. 불편함 때문에, 또는 두려움 때문에 돌려 말하거나 물어보기를 회피한다면 개입할 기회를 놓칠 수 있다.

트라우마가 일으키는
뇌의 변화

내전으로 위험한 지역에 갔던 선배가 돌아왔다. 당시의 나는 하루하루 바쁜 일정에 얼이 빠져 있던 인턴이어서, 다들 부러워하는 병원에서 전문의로 일하다 난데없이 의료 봉사를 하겠다며 전쟁터로 떠난 선배의 결정을 이해하지 못했다. 하지만 귀국한 선배의 표정은 후배들의 걱정과는 달리 매우 편안하고 충만해 보였다. 포탄이 날아다니는 곳에서 돌아온 선배가, 병원에서 소독약 냄새를 풍기며 돌아다니는 인턴들보다 더 건강하고 즐거워 보였던 것이다.

수면 부족과 스트레스에 시달리던 후배들은 선배가 사주는 커피를 보약처럼 음미하며, 떠나기 전과는 다른 선배의 표정에 대해 질문을 퍼부었다. 정말 영화처럼 총알이 빗발치는지, 강의실과 도시의 병원에서 일한 경험도 그런 현장에서 도움이 되는지……. 그런데 선배는 열악한 상황 속의 환자들을 직접 돕고 싶었던 바람과는 달리 비교적 안전한 후방에만 머물렀다고 했다. 후배들의 실망한 표정을 보고는 "그게 후회스럽기도 한데…… 꼭 그렇지만도 않아."라는 알쏭달쏭한 말을 덧붙였다. 뜻을 알 수 없는 답에 후배들이 혼란스러워 대꾸하지 못하니 선배는 그곳에서의 일을 이야기해주었다.

분쟁지역은 워낙 온갖 위험이 도사리는 곳이라 의료 자원봉사자는 전공과 경험, 경력에 따라 배치된다. 선배는 부상병들을 직접 치료하기에는 경험이 부족해 최후방에서 가족 잃은 아이들이 수용된 보호시설을 맡게 되었다. 그런데 온종일 해맑은 아이들과 종이접기나 그림 그리기를 하며 놀아주는 게 전부인 생활이 계속되다보니, 위험하다며 만류하는 가족과 동료들을 뿌리치고 이역만리에 와서 내가 대체 뭘 하는 건가 싶었다고 한다. 이 지역에서 발견되는 아이들은 영양실조나 자잘한 외상이 있긴 해도 크게 다쳐서 오는 일은 드물었고(가족들이 자신의 목숨을 희생해서라도 아이들을 감쌌기 때문이라는 것은 나중에야 알게 되었다고 한다), 안전한 시설에서 식사와 위생을 관리해주는 것만으로도 대부분 건강을 회복했다. 처음에는 가족을 찾으며 우울해하던 아이들도 또래가 많다보니 서로 마음 열고 빨리 친해져서, 봉사자들이 크게 신경 쓸 것도 없었다고 한다.

아이들은 피부색과 언어가 다른 이국의 자원봉사자들을 신기해하면서 자신들이 그린 그림이나 재활용품으로 만든 장난감을 이들에게 선물했다. 귀국을 준비하려 할 때쯤에는 선물이 커다란 상자에도 다 담기지 않을 정도였다. 그러던 어느 날, 선배보다 조금 먼저 귀국할 예정이던 한 동료가 선물만 싸들고 귀국하는 건 의사로서 민망하니 아이들의 정신건강을 설문지로 평가해보자고 제안해왔다. 아이들의 신체 건강은 입소 초기부터 관리하지만, 정신 건강은 말이 잘 통하지 않는 데다 다들 전방에만 주목하고 있어 자료가 없었던 것이다.

오랜만에 학구열에 불탄 두 젊은 의사는 '전쟁과 재난 속에서도 아이들은 회복력이 뛰어나며, 따라서 전 세계인은 분쟁지역 어린이들을 포기하지 말고 지원해야 한다'라는 가설까지 세웠다. 그리고 그것이 앞으로의 분쟁지역 지원에 좋은 자료가 되어줄 거라고 생각했다. 자신들도 이곳에 와서 직접 겪어보기 전까지는 아이들의 회복력에 대해 잘 몰랐으니, 다른 사람들도 이 희망의 현장을 글로나마 접해보면 세상은 더 나아질 수 있을 거라며.

그러나 설문 결과는 두 의사의 희망찬 가설과는 완전히 반대로 나타났다. 온종일 지치지도 않고 땀 흘려가며 뛰어놀던 아이들. 티 없이 즐거워하며 온몸으로 웃던 장난꾸러기들. 그림과 만들기 실력을 뽐내던 아름다운 아이들이 그 나라 말로 간단히 남긴 설문에는 어른들의 순진한 생각과는 전혀 다른 내용이 적혀 있었다. 아이들 모두 가족과 헤어져야 했던 그 참담한 사고 현장을 매일, 매 순간 떠올리며 그에 대한 악몽으로 잠을 잘 못 잔다고 답했다.

자신들이 성인이 될 때까지 살아 있을 거라고 기대하느냐는 문항에는 '그렇다'라고 답한 아이가 단 한 명도 없었다.

의사들은 잔인하다 싶을 만큼 끔찍한 설문 결과와 부족한 환경에서도 자신들이 가진 가장 예쁜 것으로 아름다운 그림과 선물을 만드는 아이들의 일상을 도저히 연결 지을 수 없었다. 하지만 그것이 바로 PTSD의 증상 중 '인지와 감정의 부정적인 변화'가 만들어내는 장면이다.

그 아이의 밝은 웃음을 믿지 마세요

"우리 애는 그 일 이후로도 달라진 게 없어요. 괜히 잘 있는 애를 자극만 할 거 같아서 치료는 안 받을래요."

많은 피해 아동 보호자가 이렇게 말한다. 성인 피해자들도 자신은 씩씩하고 강한 성격이라며 치료가 필요 없다고 여기기도 한다. 실제로 그런 사례도 있겠지만, 전문 트라우마 치료 기관이 아닌 곳에서 부적절한 상담을 받다가 증상이 악화되어 오는 분들도 있다. 겉보기에 밝다거나 영화나 드라마에서처럼 극단적으로 힘들어 보이지 않는다는 이유로 변화를 감지하지 못하다 상태가 나빠지고서야 오는 사례를 우리는 상당히 많이 접한다.

도연도 그런 경우였다. 지역에서 손꼽히는 우등생이자 모범생이었던 도연은 어느 날 친구들이 자기 얼굴에 포토숍을 해 만든 음란물을 돌려보고 있다는 걸 알게 되었다. 유포 초기에 사태가 알려져 비교적 수습이 빨리 되었고, 학교와 가정에서도 도연을 보호하기 위한 조치를 취했다. 그래서일까, 도연은 여전히 모범적인 학생으로 생활했으며 학교에서든 집에서든 달라진 점은 보이지 않았다. 크게 충격받은 어머니를 도연이 더 어른스럽게 위로하고 안심시킬 정도였다. 피해자 전담 경찰관이 상담 기관을 안내했을 때, 도연과 부모는 모두 군이 그럴 필요를 못 느끼는 데다 더는 사건의 영향을 받고 싶지 않다며 치료를 거절했다.

하지만 딱 하나, 그녀의 취미생활에 작은 변화가 있었다. 공부 외에는 무엇에도 관심이 없을 것 같은 모범생이지만, 사실 도연은 '뮤지컬 덕후'라고 불릴 정도로 뮤지컬 관람을 즐겼다. 그런데 사건 이후로는 조금씩 관심이 줄어들더니, 누군가 티켓을 준다고 해도 피곤하다거나 다른 일정이 있다며 공연장을 찾지 않는 정도가 된 것이다. 사건 때문에 워낙 신경 쓸 일이 많다보니 처음에는 다들 그런 변화를 대수롭지 않게 여겼다. 그러다 모두의 기억 속에서 그 사건이 희미해졌을 때쯤, 도연이 제일 좋아하던 배우가 나오는 뮤지컬의 가장 좋은 자리 관람권을 선물 받았을 때조차 가지 않겠다고 하자 부모도 뭔가 이상을 느꼈다. 하지만 그것 말고는 여전히 문제가 없어 보이니 다른 행동을 취하지 못한 채 걱정만 했다.

그러던 중 도연이 몇 년간 열심히 준비해오던 시험을 보지 않겠다고 선언하는 일이 벌어졌다. 학교가 발칵 뒤집혔다. 부모와 담임뿐 아니라 교장 선생님까지 나서서 설득해봤지만 도연의 대답은 한결같았다.

"시험 봐봤자 의미 없어요. 어차피 잘 볼 리 없으니까요."

이어서 앞으로도 좋은 일이 일어날 리 없으니 뮤지컬이나 다른 기쁜 일을 찾는 것 역시 아무 의미가 없다고 덧붙였다. 아무도 모르는 사이, 도연 스스로도 자각하지 못하는 사이 그 사건이 '부정적인 인지의 변화'를 일으켰던 것이다. 생각의 기준점이 기존의 0점에서 -100점으로 떨어지는 지진과 같은 지각 변동이다. 이렇게 갑자기 기본값이 -100으로 떨어진 사람은 더 이상 플러스 값이 존재하는 세상을 상상할 수 없게 된다.

어두운 색안경이 씌워진 삶

서둘러 치료를 시작했지만 도연의 생각은 쉽게 바뀌지 않았다. 게다가 치료를 진행하면 할수록 부정적인 생각의 변화가 보기보다 깊다는 것이 드러났다. 시험이나 취미생활만의 문제가 아니었다. 아무도 눈치채지 못한 사이 도연은 가깝던 친구들과도 묘하게 거리를 두고 있었다. 친구들이 싫어진 것은 아니지만, 자기 혼자 -100의 나락으로 떨어진 지금 플러스를 이야기하는 친구들과는 눈높이가 맞지 않는다고 했다. 시험을 포기한 것은 단적인 예시에 불과했다. 그녀는 자신의 모든 미래를 부정하고 최악을 바라보았다. 더 놀라운 것은 그렇게 생각이 바뀌었다는 것을 도연 자신도 인식하지 못했다는 점이다. 도연처럼 똑똑한 학생마저, 크게 염두에 두지 않았던 사건이 자신의 시야를 완전히 바꿔놓았다는 것을 깨닫지 못했다.

트라우마가 일으키는 뇌의 변화는 어두운 필터가 입혀진 헬멧과 고글 너머로 세상을 보게 되는 것과 비슷하다. 자신도 모르게 세상을 바라보는 시야의 채도와 명도가 모두 낮아지는 셈이다. 비관적으로 변한 감정과 생각 패턴이 원래의 성격처럼 굳어지고, 사건 전 자신의 모습과 사건으로 변형된 모습의 차이를 본인조차 구분할 수 없게 된다. 이렇게 자신이 이상한 고글을 쓰고 있다는 것을 모르고 이미 그 채도와 명도에 익숙해진 사람에게서 강제로 고글을 벗기는 건 위험한 일일 수도 있다. 어둠에 익숙해진 눈이 갑자기 빛에 노출되면 불편해지는 것과 마찬가지다. 왜곡된 색안경에 적응해버린 우리 뇌는 그 어둠으로부터 벗어나는 것을 오히려 두려워하며, 차라리 그 왜곡된 공간에 머무는 것이 낫다고 믿게 된다.

인지 상태를 점검하기 위한 팁

—

사랑하는 사람이, 또는 우리 자신이 고통스러운 일을 겪었다는 사실만으로도 우리는 마음이 아파진다. 그 피해로 자신도 모르게 미래와 세상, 주변을 바라보는 시선까지 모든 것이 어둡게 바뀌고 그게 성격이 되어 굳어진다면, 우리가 느끼는 절망감은 훨씬 더 커질 수 있다. 하지만 우리 뇌는 생각보다 변화할 가능성이 높다. 중요한 것은 답답하고 걱정되는 마음에 성급히 필터를 벗기거나 시야를 밝혀주겠다며 문제만 지적해선 안 된다는 것이다. 우리의 조급함이 준비된 정도와 회복의 속도를 앞서는 순간, 덧난 염증 부위를 잘못 건드렸을 때처럼 증상이 악화될 수 있다.

초기의 가벼운 변화가 일어나고 있는 상황이라면, 스스로의 생각을 계속 점검하는 것만으로도 후유증을 어느 정도 막을 수 있다. 이전의 나라면 어땠을까? 비슷한 상황의 다른 사람들은 어떻게 생각하고 행동할까? 가까운 친구가 나와 같은 상황이라고 할 때, 그는 이런 상황을 어떻게 받아들이고 대했으면 하는가? 등등 다양한 질문을 던져보는 것이다.

이 과정을 혼자서 해내기 어렵다면, 나를 잘 알아주며 감정적으로 안정된 주변 사람의 도움을 받는 것도 좋다. 하지만 나를 도

3장 화마가 지나간 자리

외줄 사람이 주변에 항상 존재할 순 없다. 그럴 때 바로 트라우마 치료자들이 도울 수 있다. 나를 포함한 누군가가 어떤 사건을 겪은 뒤 생각과 감정이 부정적으로 변해가는 것 같다면, 이런 경향이 굳어지기 전에 전문적인 치료 기관의 도움을 받길 권한다.

05

애도를 미루는 사람들

주연씨를 만난 건 주연씨가 자살로 언니를 떠나보낸 지 3년째 되던 해였다.

"제 시계는 3년 전에 멈춘 것 같아요."

덤덤하게 이야기했지만 눈빛이 흔들렸다. 부모님이 맞벌이를 해서 주로 언니와 시간을 보냈기에 자매는 둘도 없는 사이였다. 두 살 터울의 언니가 먼저 서울의 대학을 가고 본인은 본가 근처 대학에 진학하면서 전처럼 자주 보지는 못하게 됐다. 그래도 어떤 자매보다 더 가깝게 지냈으며, 힘든 일이 있을 때마다 언니에게 의지해왔다고 한다. 그런 주연씨에게 갑작스러운 언니의 죽음은 온몸을 얼어붙게 만드는 사건이었다.

"전화로 소식을 전해 듣고 아무 말도 안 나왔어요. 가슴이 철렁하면서 무언가에 얻어맞는 느낌이었습니다."

언니는 유서를 남기지 않았다. 장례식이 끝나고 언니의 자취방에 있는 물건들을 정리하며 혹시 일기장이 있을까, 단서가 될 만한 메모는 없을까 싶어 샅샅이 뒤졌지만 아무것도 찾지 못했다. 발견한 것은 서랍에 남겨진 수면제와 뭔지 모를 정신과 약들뿐이었다. 언니의 체취가 아직 있는 옷들과 언니가 쓰던 물건을 보며 버려야 하나, 남겨둬야 하나, 남긴다면 무엇을 골라야 하나…… 망설이다가 주연씨는 통곡했다. 왜 그랬을까? 도대체 왜? 지난 3년간 주연씨를 괴롭혀온 질문이다. 아직도 언니가 왜 그런 선택을 했는지 알 수 없다는 점이 가장 힘들고 괴롭다.

주연씨는 언니가 세상을 떠나기 전날 카톡을 캡처해서 간직하고 있었다. 바쁜 회사 일에 쫓겨 무심하게 '응, 오늘도 너무 바쁘네' 하고 답장했는데 이게 마지막 대화라니. 그때 더 다정하게 안부를 물었더라면, 아니 전화를 했더라면…… 차라리 주말에 만나자고 할걸. 언니 메시지에 이모티콘이 없었는데 왜 이상하다고 생각하지 않았을까. 언니는 한창 일할 시간에는 연락하지 않는데, 그날은 오후 한중간에 카톡이 왔다. 그걸 왜 이상하다고 생각하지 않았을까?

언니의 죽음 이후 주연씨는 후회, 자책, 죄책감에 휩싸여 괴로워했다. 그러다가도 한마디 말도 없이 떠난 언니가 원망스럽고 어떤 날에는 심지어 화까지 났는데, 이 분노가 자신을 향한 것인지 언니를 향한 것인지 모르겠다고 했다.

"가장 힘든 건 뭔가요?"

"언니가 이 세상에 없다는 사실이요. 3년이 지났지만 여전히 믿기질 않아요. 가끔 제가 허공에 떠 있는 것 같고, 귀가 먹먹해지면서 세상이 멈춘 듯한 느낌이 들어요. 저는 고민이 있을 때마다 언니한테 털어놓고 도와달라고 했는데, 이제 그럴 사람이 없어요."

주연씨는 이어서 말했다.

"또 힘든 점은, 사람들과 대화하다가도 가족 얘기가 나오면 가슴이 쿵쾅거리고 회피하게 된다는 거예요. 새로운 사람을 만나면 형제 얘기가 나올까봐 겁나고요. 사람 만나는 걸 좋아했는데 언니가 떠난 뒤로는 새로운 사람 만나는 걸 피하게 돼요. 원래 알던 사람들도 예전처럼 편하지 않고요. 친한 친구나 회사 사람들은 모르는 척해주지만 그것도 부담스럽고, 어쩌다 괜찮냐고 물어오면 왜 묻나 싶기도 하고……. 사람들이 뭘 어떻게 해줬으면 싶은 건지 저조차 모르겠어요. 그냥 일에 몰두할 때가 제일 편한 것 같아요. 최대한 바쁘게 지내려고 해요. 하지만 혼자 있는 시간에는 늘 언니 생각에 눈물이 나고, 언니가 보고 싶어서 미칠 것 같아요."

가족들도 마찬가지였다. 장례식을 치른 뒤 한동안은 집이 썰렁할 정도로 대화가 끊겼다. 언니 이야기는 아무도 꺼내지 않았다. 주연씨는 옷장 깊은 곳에 언니의 스웨터를 한 장 숨겨두고 언니가 그리워지는 밤이면 꺼내서 만져본다고 했다. 물건을 정리하다가 전에 같이 쇼핑하러 가서 샀던 파란색 스웨터 하나만 집어들고 왔다. 집 안 곳곳에 언니의 흔적이 남아 있지만, 부엌 수저통에 있던 언니 수저는 온데간데없었다. 엄마가 버렸거나 어디 숨겨둔 것 같은데 물어보지는 못했다고 했다. 잘 버텨보려고 안간힘을 쓰지만, 주연씨의 애도 시계는 3년 전 그 시간에 멈춰 있었다.

멈춰버린 시계, 지연된 애도

중요한 사람과의 사별은 우리 감정을 마비시키기도 하고 롤러코스터를 타게 하기도 한다. 믿기 어려운 현실을 부정하며 무감각해지거나 멍해지는 정서적 마비에 빠졌다가 불쑥 강렬한 슬픔, 분노, 원망, 자기 비난 등 부정적인 감정이 뒤엉켜 올라오기도 한다. 이때 우리는 감정을 통제하려고 노력하는데, 가장 흔한 노력은 고통스러운 감정들을 애써 회피하는 것이다.

사별 이후의 이런 반응들은 어떻게든 살아내기 위한 몸부림으로, 단기적으로는 이점이 있다. 회피 역시 그렇다. 못 견디게 커다란 고통이 가라앉았다는 듯 나 자신을 속이는 것이라 일시적으로는 일상을 유지하는 데 도움이 된다. 하지만 잠시 잠재우는 것일 뿐, 고통은 결국 부메랑처럼 되돌아온다. 고인과의 기억을 제대로 정리하지 않고 회피해버리면 마치 악몽처럼 불쑥 괴로운 생각과 이미지가 떠오른다. 정리되지 않은 감정과 기억들이 찾아오니 이를 통제할 수 없게 되고, 괴로움은 점점 몸집을 불린다. 그러다 결국 감당하기 어려운 고통을 또다시 회피하는 악순환이 되풀이되는 것이다.

주연씨는 바쁜 일상으로 마음의 빈 공간을 없앤 채 정작 자신에게 필요한 애도라는 숙제를 미루고 있었다. 해결되지 않은 감정들, 이해되지 않는 죽음, 완성할 수 없는 이야기, 끊어진 관계, 그 모든 것을 뒤로하고 일상에만 몰두하고 있었다. 언니가 죽은 그날의 이야기부터, 그간 속에만 담아두었던 이야기와 감정을 하나하나 꺼내면서 주연씨의 애도는 시작됐다.

"언니의 죽음은 주연씨에게 어떤 의미인가요?"

"언니는…… 제 분신이자 절친, 믿고 의지할 수 있는 유일한 사람이었어요. 얼굴도 예쁘고 공부도 잘해서 제 롤모델이었죠. 언니에 비해 저는 너무 평범한 것 같아 위축되기도 했지만요. 엄마도 보석 같은 딸이라며 늘 자랑스러워하셨어요. 그런데 이제 언니가 없으니까 공부 못 해도 괜찮은 귀여운 막내딸에서 하나뿐인 자식이 돼버린 거예요. 전 언니를 대신할 자신이 없는데…… 부담도 되고…… 언니가 없으니 혼자 덩그러니 남겨진 느낌이에요."

움직이는 애도 시계, 이어지는 관계

"언니는 이제 세상에 없지만, 언니와의 관계는 계속될 수 있어요. 이전과 같을 수는 없더라도 새로운 모양의 연결관계를 이어가는 게 애도의 중요한 여정입니다."

고인과의 관계를 재구성하는 이 작업은 애도 상담에서 매우 중요한 부분이다. 주연씨는 처음엔 언니의 죽음과 관련된 고통스러운 기억과 거기 엉켜 있는 감정들을 주로 이야기했다. 그러다 차츰 어릴 때의 추억부터 성인이 되어 언니와 같이 보낸 시간까지 회상하며, 언니의 긍정적인 영향들도 이야기하게 되었다. 이 과정에서 주연씨는 언니가 자기 인생에 미친 좋은 영향, 자신에게 준 유산들은 언니가 없어져도 사라지지 않는다는 것을 깨달았다. 언니에게 전하고 싶은 말이 있냐고 물으니 "내 언니로 태어나줘서 고마워"라는 말을 하고 싶다고 했다.

우리는 죄책감에 대해서도 이야기를 나누었다. 주연씨는 3년 전 그때 언니 자취방에서 찾아낸 정신과 약이 우울증 치료제였다는 것, 그럼에도 왜 우울했는지조차 몰랐다는 죄책감에 온 신경이 쏠려 있었다.

죄책감은 자살 유가족이 흔히 겪는 감정이다. 자살은 여러 원인이 복합적으로 작용해서 발생하는데 남겨진 자들이 이를 알기란 거의 불가능하다. 그래서 고인과 가장 가까웠던 사람은 이를 자기

탓으로 돌리곤 한다. 그러나 누가, 언제 자살할지 예측하는 것은 숙련된 전문가에게도 무척 어려운 일이다. 평범한 일상을 보내던 그날, 언니에게 온 짧은 안부 메시지에서 자살 예고를 알아차릴 수는 없었다. 그 사실을 주연씨도 알고 있었다. 그저 믿을 수 없는 현실 앞에서 자책하는 것이 현실을 부정하는 하나의 방법이었을 뿐이다.

주연씨는 언니 이야기를 하는 것에 조금씩 익숙하며 편안해지고 있었다. 언니는 이제 세상에 없지만, 언니와의 관계를 잇는 새로운 방법을 찾아나가고 있었다.

남아 있는 숙제 중 하나는 언니의 죽음 이후 소원해진 가족과의 관계를 회복하는 것이었다. 상담 중 주연씨는 엄마와 함께 언니가 있는 납골당에 가보고 싶다고 했다. 얼마 뒤 어렵게 용기 내어 말을 꺼내자, "그래, 그러자. 언제가 좋니?" 하고 기다렸다는 듯 받아주셨다고 한다. 1주기 때 세 가족이 함께 다녀온 뒤로는 처음이었다. 납골당에 다녀오는 길, 오랜만에 엄마와 언니 이야기를 했다. 엄마의 눈빛과 몸짓으로 그간 얼마나 힘들어하셨는지를 알 수 있었다고 했다. 많은 이야기를 나누지는 않았지만 깊은 대화를 했다는 느낌이 들었고, 그것만으로도 괴로웠던 감정들이 녹아내리는 것 같았다고 했다.

네덜란드의 심리학자 마가렛 스트로브는 사별 이후의 삶에 잘 적응하려면 두 가지 대처를 균형 있게 병행해야 한다고 말한다.

하나는 고인에 대한 기억과 감정을 회피하거나 억누르지 말고 잘 보듬어주는 것, 다른 하나는 현재의 삶에 주의를 기울이고 미래 지향적인 행동을 하는 것이다. 전자를 상실 지향적 대처, 후자를 회복 지향적 혹은 미래 지향적 대처라고 한다. 이 두 가지를 지그재그로 반복하는 것이 사별 이후의 회복에 있어 중요한 열쇠다. 주연씨는 현재의 삶에 과도하게 집중함으로써 상실에 대한 고통을 덮고 있었다. 그럼에도 일상이 흐트러지지 않게 살아온 것은 대단한 일이다. 이제 마음의 소리에 좀더 귀 기울이게 되었으니, 주연씨의 애도는 한 걸음씩 나아가고 있는 셈이다. 이러다 다시 두 걸음 뒤로 갈 수도 있다. 그렇지만 주춤하다 또다시 나아가는 것이 애도의 여정이라고 말씀드렸다. 길고 느리더라도 멈춰 있지 않으면 되는 것이다.

　의미 있는 사람과의 사별은 어제까지 살던 세상과 오늘이 완전히 달라지는 경험이다. 이 경험을 어떻게 해석하는지가 중요하다. 사별 이후의 현실이 힘들고 혼란스럽더라도 그 경험의 의미를 찾다보면 내가 어떤 삶을 살아왔는지 되짚어볼 수 있게 된다. 그런 현재와 과거는 바로 미래로 나아가는 길을 만들어낸다.

비애의 증상을 확인하는 팁

—

사별의 고통으로 힘들다면 다음의 증상을 확인해보세요. 각 문항이 현재의 감정을 얼마나 잘 표현하고 있는지 답해주세요. 총점이 25점 이상이라면 혼자 감당하기 어려운 상태에 있는 것입니다. 이러한 증상이 1년 이상 지속되고 있다면 전문가의 상담을 받아보세요.*

	문항	전혀 그렇지 않다	드물게 그렇다	가끔 그렇다	종종 그렇다	항상 그렇다
1	고인 생각이 너무 많이 나서 평상시 하던 일들을 하기가 힘들다	1	2	3	4	5
2	고인에 대한 기억들이 나를 속상하게 한다	1	2	3	4	5
3	고인의 죽음을 받아들일 수 없다	1	2	3	4	5
4	고인에 대한 그리움과 갈망을 느낀다	1	2	3	4	5
5	고인과 관련된 물건이나 장소에 마음이 쓰인다	1	2	3	4	5
6	고인의 죽음에 대해 화가 나는 것을 멈출 수 없다	1	2	3	4	5
7	나에게 발생한 일(고인의 죽음)이 믿기지 않는다	1	2	3	4	5

8	고인의 죽음 때문에 멍하고 망연자실한 느낌이 든다	1	2	3	4	5
9	고인의 죽음 이후 사람들을 믿기가 힘들어졌다	1	2	3	4	5
10	고인의 죽음 이후 다른 사람들을 돌볼 능력을 상실했다고 느끼거나, 내가 소중히 여기는 사람들과 거리감을 느낀다	1	2	3	4	5
11	고인이 가지고 있던 몸의 통증이나 증상과 동일한 것을 나도 느낀다	1	2	3	4	5
12	고인을 생각나게 하는 것들을 회피하기 위해 애쓴다	1	2	3	4	5
13	고인이 없는 삶이 공허하게 느껴진다	1	2	3	4	5
14	고인이 내게 말하는 목소리가 들린다	1	2	3	4	5
15	고인이 내 앞에 서 있는 것을 본다	1	2	3	4	5
16	고인이 없는 세상에 내가 살아 있어야만 한다는 게 불공정하다고 느껴진다	1	2	3	4	5
17	고인의 죽음에 대해 쓰라린 분노와 아픔을 느낀다	1	2	3	4	5
18	가까운 사람을 상실한 적이 없는 이들이 부럽다	1	2	3	4	5
19	고인의 죽음 이후 상당히 많은 시간 동안 외롭다고 느낀다	1	2	3	4	5

* 위 척도는 Prigerson 등(1995)이 개발한 복잡성애도척도를 김수환과 유성은(2019)이 번역하여 한국인에 맞게 타당화한 것임.(Prigerson, H. G., Maciejewski, P. K., Reynolds, C. F., Bierhals, A. J., Newsom, J. T., Fasiczka, A., ... Miller. M. (1995). Inventory of complicated grief: A scale to measure maladaptive symptoms of loss. Psychiatry Research, 59, 65-79. / 김수환, 유성은(2019). 대처유연성, 미래 중심적 대처와 외상 중심적 대처가 복잡성 사별 비애의 보호요인이 되는가? 인지행동치료, 19(1), 37-58.)

애도를 미루는 사람들

06

자기파괴적인 행동
: 중독과 자해에서 벗어나다

정신건강의학과 전공의 1년 차 때 내가 처음 심리치료를 맡은 환자는 범죄 피해자 윤서씨였다. 이제 막 대학에 입학한 그는 대학생활 적응에 도움을 받으며 친해진 학교 선배에게 성폭력을 당한 뒤일상이 무너졌다. 죄를 지은 사람은 선배지만, 어렵게 들어간 대학에 발 붙일 수 없게 된 사람은 윤서씨였다. 그 뒤 배신감과 자괴감이 심해지고 자해와 폭식이 반복돼 폐쇄병동에 입원까지 하게 되었다. 조현병, 조울증, 우울증 환자를 주로 맡는 1년 차 초반에 트라우마 환자를 마주한 건 그때가 처음이었다. 담당 교수님의 권유로 퇴원 직후부터 매주 한 번씩 윤서씨의 심리치료를 맡게 되었지만 솔직히 준비가 되어 있지 않았다. 변명하자면 다른 1년 차들도 비슷한 상황이었다. 심리치료 개론서 몇 권을 공부한 것과 '공감이 중요하다' '충분히 경청해야 한다'라는 교수님, 선배들의 조언이 전부었다.

지식과 경험은 일천하지만 조금이라도 도움이 되고 싶다는 마음이 앞섰다. 치프 선생님이 첫 심리치료의 목표를 잡아주었다. 증상 호전이나 일상 복귀가 아니라 꾸준히 심리치료에 오게만 해도 절반은 성공한 것이라며 선생님은 나를 안심시켰다. 그때만 하더라도 환자 앞에서 긴장을 많이 했기에 트라우마 환자에게는 말 한마디 하는 것조차 조심스러웠다. 심리치료를 하는 50분 내내 신경이 곤두섰고 환자가 치료를 중단하면 어쩌지 하는 걱정이 앞섰다. 환자가 약속 시간에 늦으면 더 이상 안 오는 건 아닐까 불안해지기도 했다. 다행히 환자는 매주 병원을 찾았고, 치료는 내가 전공의를 마칠 때까지 4년간 이어졌다.

자해는 아니지만 위태로운

심리치료가 진행되면서 좋아진 점도 있었지만 이해하기 어려운 행동이 이어지기도 했다. 새벽에 몇 시간씩 서울 거리를 목적 없이 돌아다니는 것이었다. 평소 윤서씨는 다른 트라우마 환자들과 비슷하게 밖에 나가는 것을 기피했다. 사람들에 대한 공포, 또다시 트라우마를 겪을지도 모른다는 두려움 때문이었다. 그런데도 더 위험해 보이는 행동을 매일 반복하는 것이었다. 새벽에 혼자 한강 다리를 건너고 인적 없는 골목과 낯선 동네를 배회했다. 치료자로서 보기에 너무 위태로웠다. 가족들도 환자가 새벽에 말없이 사라지면 돌아올 때까지 잠을 이루지 못했다.

행동의 이유를 탐색해보라는 슈퍼바이저 선생님들의 조언대로 여러 차례 질문을 해봤지만 윤서씨는 본인의 행동을 설명하지 못했다. 자신도 제어가 안 된다는 듯, 이유를 찾지 못해 답답해하면서 무언가에 홀린 듯 집을 나갔다. 이런 행동은 자해는 아닐지 몰라도 PTSD 진단 기준 중 '무모하고 자기파괴적인 행동'에 해당될 수 있다. 실제로 트라우마를 겪은 뒤 트라우마 상황에 노출되기 더 쉬운 위험 행동을 반복하는 사례는 흔하다. 진단 기준에 포함될 정도로 말이다.

당시 심리치료를 막 시작한 초심자로서 걱정과 함께 무력하다는 느낌을 많이 받았다. 이론에서는 '자기 처벌적 행동' 혹은 '스스로를 위험한 상황에 노출시켜 안전을 확인하는 행동'처럼 행동에 담긴 무의식적 기제를 설명하기도 한다. 하지만 윤서씨와 나 모두 여러 이론적 가설이 윤서씨 사례와 조응하지 않는다고 생각했다. 그 무의식적 원인을 찾는다고 해서 행동이 나아질 것 같지도 않았다. 치료 방법이 잘 찾아지지 않으니 '삶이 답답하니까 그러는 거 아닐까' 하고 행동의 위험성과 의미를 축소하고픈 생각도 들었다. 어느 해 여름에는 윤서씨가 걱정돼 입원을 고민하기도 했다. 하지만 새벽에 길을 걷는다고 정신과 병동에 입원하는 것도 이상하지 않은가.

요즘도 '무모하고 자기파괴적인 행동'을 반복하는 트라우마 환자들, 고통 속에서 자해와 자살 시도를 반복하는 트라우마 환자들이 많이 있다. 트라우마 환자 중에서도 특히나 커다란 고통을 겪는 분들이다. 심한 고통을 감당하기 어려워 또 다른 고통을 필요로 하는 것인지도 모른다.

글을 쓰는 오늘은 트라우마 환자가 자살 시도를 한 뒤 찾아왔다. 어렸을 때 심한 가정폭력을 당해 자해와 자살 시도를 반복했던 환자는 작년에 지지적인 남자친구를 만나고 올해는 새로운 직장을 다니며 잘 지내고 있었다. 하지만 고객센터 상담 업무 중 폭언을 듣고 일을 그만둔 뒤 자기 자신에게 실망해 다시 자살 시도를 했다고 했다. 나는 이제 수련 과정 중인 전공의가 아니고, 전문의가 된 지 오래되어 그동안 많은 트라우마 환자를 진료해왔지만, PTSD 환자는 여전히 어렵다. 그래도 마냥 불안하지만은 않다. 굴곡이 있더라도 조금씩 회복하는 트라우마 환자가 많다는 경험을 쌓아왔기 때문이다. 그 경험으로 환자와 함께 조금씩 버티고 있다.

알코올에 의지하여 존재하는

진배씨가 진료실 문을 열고 천천히 걸어와 자리에 앉는 순간 직감할 수 있었다. 앙상한 몸매, 전자 차트에 기재된 나이보다 한참 나이 들어 보이는 외모, 흰 마스크와 대비되는 수척하고 누런 얼굴, 충혈되고 피곤해 보이는 눈. 따라서 들어와 앉은 지친 표정의 부인까지. 심한 알코올 의존을 겪는 중년 남성의 전형이었다.

알코올 사용에 대한 기본적인 질문과 대답을 이어가던 중, 언제부터 술이 늘었느냐는 질문에 환자는 2년 전 큰딸이 범죄로 사망한 후부터라고 답했다. 아차 싶었다. 두 딸과 막내아들을 두었던 진배씨는 유독 큰딸을 좋아했다. 세 자녀를 뒷바라지하려면 낮에 일하는 것만으로는 부족해 저녁에는 대리운전을 했다. 하루하루가 피곤했지만, 자식들이 건강하게 자라는 모습을 지켜보는 것만으로도 힘이 났다. 큰딸이 대학에 들어간 뒤로는 등록금을 마련하느라 주말 아르바이트까지 시작했다. 가족과 보내는 시간이 적어졌지만 후회되지는 않았다고 했다. 그러던 중 대학 2학년생이 된 큰딸이 범죄를 당해 하루 만에 세상을 떠났다. 사건 이후 다른 가족들은 다시 일상으로 돌아왔지만, 진배씨는 그러지 못했다. 일을 마치고 오면 식사를 거르고 술만 마셨다. 큰딸과 많은 시간을 보내지 못한 게 너무나 후회됐다. 과음이 지나친 날엔 다음 날 직장에 나가지도 못했다. 직장 사람들은 그동안 열심히 일한 진배씨의 사정을 이해해주었지만, 그렇다고 1년이 넘어가도록 사정을 봐줄 수는 없었다.

처음부터 술을 끊는 것을 목표로 삼기는 현실적으로 어려워 보였다. 결근 문제로 온 환자에게 입원을 권하기도 난감했다. 술은 마시더라도 직장에 출근하는 것을 목표로 잡고 트라우마 및 알코올 치료를 시작했다. 알코올 의존 치료제인 항갈망제가 절주에 효과를 냈다. 1년 동안 꾸준히 치료받다가 중단해 알코올 문제가 심해진 적도 있지만, 스스로 다시 병원을 방문해 치료를 이어가고 있다.

진배씨는 일이 없는 날이면 언제나 큰딸의 유골함이 보관된 납골당에서 시간을 보냈다. 주위에서 자주 찾아가면 안 된다고 말려서 안 가려고 노력했지만, 그런 날이면 큰딸을 혼자 두는 게 미안해서 술을 더 많이 마시게 된다고 했다. 멀리 있는 큰딸에게 직접 운전해 가는 날 오히려 술을 제일 덜 마시게 된다고 했다. 정답은 아닐지 모르나 나는 자주 찾아가도 괜찮다고 말씀드렸다. 대신 진료도 꾸준히 이어가자고 권했다. 진배씨는 여전히 술을 마시긴 하지만, 직장 결근은 하지 않고 식사도 조금씩 하며 지낸다.

알코올 의존 환자의 치료 과정은 녹록지 않다. 중독의 특성상 언제 재발할지 몰라 장기적인 치료를 받는 사례가 많다. 심지어 알코올 의존에 트라우마까지 동반된 환자라면 치료는 더 어려울 수밖에 없다. 하지만 당신은 혼자가 아니며 회복할 수 있다. 트라우마를 겪은 많은 사람이 자해, 자살, 중독과 함께 싸우고 있다. 굴곡이 있더라도 가족, 친구, 치료자와 함께 버티다보면 조금씩 삶은 변화할 것이다.

자해를 방지하기 위한 팁

—

경계성 성격장애 환자를 위해 개발된 변증법적 행동치료의 기법은 트라우마 환자에게도 도움이 되곤 한다. 자해를 하는 사람은 대부분 팔에 날카로운 물건으로 상처를 낸다. 이럴 땐 자해를 대체하는 행동 중 하나인 고무줄 튕기기로 자해를 줄일 수 있다. 방법은 간단하다. 팔목에 고무줄을 차고 있다가 자해가 하고 싶어지면 고무줄을 세게 튕겨 손목에 강한 통증을 주는 것이다.

고무줄로 자해를 막을 수 있다고 하면 환자들은 황당해하며 못 믿겠다는 듯한 표정을 짓는다. 하지만 실제로 시도해보고는 도움이 된다며 신기해한다. 자해를 반복하는 환자들에게 어디서나 쉽게 구할 수 있는 검정 머리끈을 양쪽 손목에 착용하고 지내도록 한다. 많은 여성이 머리끈을 손목에 차고 다녀서 사람들이 이상하게 여기지도 않는다. 물에 젖어도 금방 마르니 샤워할 때도 빼지 않고 언제든지 차고 있도록 안내한다.

07 수치심에서 연결로 가는 길

파울라는 남미에서 미국으로 유학 온 대학원생이었다. 파울라를 처음 만난 건 박사과정 2년 차, 심리치료를 막 배우기 시작한 때였다. 처음 본 그녀의 얼굴은 잔뜩 찌푸려져 있었고 우울한 기색이 가득했다.

그녀가 처음 했던 말은 이랬다.

"아무것도 손에 잡히지 않고, 미래가 암울하게 느껴져요."

파울라는 극심한 우울증을 앓고 있었다. 첫 만남에서는 주요 증상이 무엇인지, 이런 증상들 때문에 일상에 어떤 어려움이 따르는지 이야기했다. 파울라가 털어놓은 고민은 크게 두 가지였다. 하나는 우울증 때문에 학업을 지속할 수 있을지 모르겠다는 것, 다른 하나는 남자친구와의 관계였다.

"우울증이 언제 시작됐나요?"

파울라는 잠시 생각하더니 답했다.

"글쎄요…… 기억이 안 나네요. 어렸을 때부터 저를 계속 따라다녔던 것 같아요. 처음으로 우울증 약을 처방받은 건 고등학교 2학년 말 즈음이었어요. 학교 공부에 집중하기 힘들고 우울해서 엄마랑 같이 정신과에 갔습니다. 대학에 온 뒤로는 대학 상담센터에서 상담받다가 말다가 했고, 우울 증상이 심해지면 약을 처방받아 먹곤 했죠. 하지만 극심한 우울이 찾아올 땐 상담도 약도 다 소용없는 것 같아요."

파울라는 우울한 날이면 컴컴한 방에서 종일 아무것도 하지 않았다. 점심때가 지나서야 겨우 일어나 물을 한 잔 마시고 다시 침대에 눕곤 했다. 입맛이 없어서 아무것도 먹고 싶지 않았고, 먹더라도 맛을 잘 못 느꼈다. 그럴 때면 이렇게 살아서 뭐 하나, 차라리 죽는 게 낫겠다는 생각에 휩싸이고, 그러다가도 다음 주까지 제출해야 하는 과제나 무사히 졸업할 수 있을지와 같은 현실적인 걱정에 불안해지기도 했다. 최소한 수업은 빠지지 말자는 결심이 무색하게 최근 수업에 못 가는 날이 늘었다고 했다. 늦잠을 자서 수업 시간을 놓친 것도 있지만, 옷을 챙겨 입고 집 밖으로 나갈 기운이 없는 것도 큰 원인이었다.

파울라는 우울증과 학업에 대한 걱정을 느릿느릿 털어놓았다. 하지만 남자친구와의 관계와 가족에 대해 질문하자 얼굴을 찡그리며 말하기를 주저했다. 그녀가 꺼낸 말이라곤 남자친구는 좋은 사람이지만 이 관계가 얼마나 지속될지 모르겠다는 것, 엄마와는 종종 연락하지만 그렇다고 의지가 되지는 않는다는 것 정도였다. 우리는 다음 주에 만날 것을 약속하고 헤어졌다.

두 번째 만남에서는 우울증에 대한 행동치료를 먼저 해보자는 것에 의견을 같이했다. 파울라의 가장 큰 걱정이 학업이기도 하고, 인지치료를 하기엔 아직 생각을 꺼내놓길 주저하고 있어서였다. 감춰진 이야기를 다루는 것보다 어느 정도 증상을 완화하고 일상을 정상화하는 게 우선이라는 생각이 들었다. 파울라가 시작할 수 있을 만한 소소한 행동 변화로 뭐가 있을지 이야기를 나눠보았다. 우선 그녀가 가장 중시하는 것은 수업을 빠지지 않고 학기를 무사히 마치는 것이었다. 이를 위해 파울라는 '매일 일정한 시간에 일어나기' '일어나자마자 세수하고 옷 갈아입기' '아침 식사 하기'를 먼저 해보기로 했다. 이런 작은 행동들도 우울증이 심각한 상태에선 결코 쉽지 않다. 몇 번 정도 가능할지 이야기를 나눴고, 초기 목표는 일주일에 3일 이상으로 설정했다.

일단은 성공이었다. 파울라는 매주 약속된 시간에 상담을 받으러 왔다. 우리가 정한 소소한 행동 변화에도 어느 정도 진전이 있었다. 그러자 루틴을 변화시키기 위해 목표를 조금씩 높여갔고, 기준도 일주일에 3일 이상에서 주말을 제외한 평일 5일로 높였다. 그렇게 한 달쯤 흘렀을까, 어느 날 그녀는 상담에 오지 않았다. 연락해보니 우울해서 도저히 침대 밖으로 나올 수 없다는 것이었다. 그다음 주에 만난 파울라는 또다시 얼굴을 찌푸리고 있었다. 어떻게 지냈냐고 묻자 그녀는 침묵하다가 입을 뗐다.

"아무리 노력해도 결국 제자리입니다. 우울증에서 벗어날 수 없을 것 같아요. 그냥 검은 구름 속에 사는 것 같아요."

"뭐가 달라지면 우울증이 나아질까요?"

이때 파울라가 갑자기 눈물을 흘리기 시작했다. 휴지를 건네주자 눈물을 닦으며 천천히 말을 이었다. 지난주에 엄마와 통화했는데, 그후 아무 일도 할 수 없게 되었다고 했다. 어떤 대화를 나누었는지 묻자 또다시 침묵에 빠졌다. 나는 그녀가 입을 열 때까지 기다렸다.

깊이 묻어뒀던 과거를 꺼내며 파울라는 울먹였다. 다섯 살 즈음부터 대학 진학을 위해 집을 떠나던 날까지 친아버지에게 계속 성폭행을 당했다는 것이다. 지난주 다시 우울의 늪에 빠진 이유는 엄마의 말 때문이었다.

"이제 그만 잊어라. 잊고 네 인생 살아."

대학생이 된 파울라와 남동생이 집을 떠난 후 부모님은 별거에 들어갔고, 파울라는 그제야 용기를 내어 사실을 털어놓았다. 그런데 예상과 달리 엄마는 이미 알고 있었다고 했다. 이에 큰 충격을 받은 파울라는 한동안 엄마와 연락을 하지 않았다고 했다.

깊은 우울증의 뿌리가 희미하게나마 잡히는 순간이었다.

말할 수 없어 더 괴로운

아동기 친족 성폭행은 가해자가 친부인지 계부인지, 또 가해자와의 관계가 어떠한지에 따라 다른 고통을 남긴다. 가정에 성실하지 않은 가해자가 폭력을 가하는 사례는 흔하다. 파울라의 상황은 조금 특별했는데, 그녀를 학대한 사람이 그녀를 가장 아끼던 사람이기도 했기 때문이다.

파울라의 아버지는 성공한 사업가로 겉으로는 완벽한 남편, 완벽한 아빠였다. 파울라에게도 지극 정성으로 사랑을 베풀고 아빠로서 지원을 아끼지 않았다. 그러는 한편 성적인 학대를 줄기차게 가한 것이다. 아버지는 그녀가 아주 어릴 때부터 성행위가 아빠와 딸 사이의 자연스러운 사랑 표현이라고 세뇌했다. 학대는 엄마와 남동생이 자리를 비운 집에서, 또는 한적한 곳의 차 안에서 은밀하게 이뤄졌다. 파울라는 자세한 기억을 떠올리지 못했는데, 아마 기억이 있어도 말로 표현하기 어려웠던 게 아닐까 싶다.

얼마 지나지 않아 그녀는 아빠의 행위가 잘못되었다는 것을 눈치챘다. 엄마가 집을 나서자 평소처럼 만지기 시작했는데, 엄마가 잊고 간 물건을 찾으러 집에 들어오면서 들키기 일보 직전이 된 것이다. 황급히 상황을 정리하고는 아무 일 없었다는 듯 엄마를 대하는 아빠를 보며 어렴풋이 뭔가 잘못된 건가 생각하게 되었다고 했다.

엄마가 집을 나간 뒤 아빠는 당부했다.

"엄마는 질투심이 많아서 아빠가 파울라에게 사랑을 주는 걸 알면 힘들어할 수 있어. 그러니 절대 말하면 안 된다."

이 관계가 정상이 아님을 완전히 이해했을 때, 파울라는 이미 너무 늦었다고 생각했다. 엄마에게 들키면 어쩌지. 나 때문에 부모님이 이혼하거나 가족의 평판에 누가 되면 어쩌지. 그런 걱정 때문에 비밀로 간직하기로 한 것이다. 하지만 누군가에게 들킬까봐 하루하루 움츠러드는 자신을 발견했다고 한다. 사실 그녀가 이 일을 비밀로 한 데에는, 이 일을 누군가 알게 됐을 때 자신이 그 사람의 얼굴을 똑바로 못 볼 것 같다는 이유가 가장 컸다. 그녀는 아버지에 대한 애증을 어떻게 다뤄야 할지 모르는 채 자책하면서 우울과 죄책감, 수치심, 원망이 뒤엉킨 소용돌이에 휘말려 있었다. 피해자이면서도 마치 공범이 된 듯한 죄책감. 엄마에게도 차마 말하지 못했던 비밀. 홀로 감당하기 힘든 그 비밀을 끌어안은 채 우울증의 늪에 갇힌 것이다.

자신이 온전한 피해자임을 인정하기까지는 상당한 시간이 필요했다. 파울라는 잘못된 과거에 자신의 지분을 꾸역꾸역 채워넣으며 괴로워하고 있었다. 자신이 고작 다섯 살 아이였다는 사실은 잊은 채, 마치 그 일을 통제할 수 있었던 것처럼 자책했다. 그녀가 살기 위해 선택한 것은 악몽 같은 일을 애써 부인하고 의식 저편으로 밀어내는 것이었다. 혹은 아버지를 좋은 사람, 자신을 사랑한 사람이라고 생각하는 것이었다. 이는 일시적으로 괴로움을 덜어주는 듯했으나 결국 그녀를 더 깊은 늪으로 끌어내렸다. 그럼에도 아무 일도 없었던 평범한 20대인 척하면서 살기 위해 노력했다.

파울라가 극심한 우울증을 겪었던 이유는 당시 만나던 남자친구와의 관계 속에서 이전의 기억들이 생생하게 되살아났기 때문이다. 그녀의 마음 깊은 곳에는 '나는 누군가를 사랑할 자격도, 사랑받을 자격도 없는 사람'이라는 생각이 깊게 박혀 있었다. 같은 과 동기였던 남자친구는 친구 같은 애인이었다. 문제는 둘이 성관계를 가질 때마다 과거 아버지와의 관계가 떠오른다는 것이었다. 아무리 억누르려 해도 사라지지 않는 이미지 때문에 잠자리를 거부하게 됐고, 남자친구는 그녀가 자신을 사랑하지 않는다고 오해하고 있었다. 파울라는 남자친구를 사랑했지만 그가 자신의 '결함'을 알게 되면 곁을 떠나고 결국 혼자 남겨질 거라고 생각했다.

파울라를 오랜 시간 괴롭힌 우울증의 뿌리는 수치심이었다. 그녀는 아버지를 향한 분노와 원망, 애증의 감정과 함께 자기혐오와 분노를 겹겹이 쌓아두고 있었다. 자기 자신을 지울 수 없는 결함이 있는 존재라 여기며 세상과 격리시키고 있었다. 수치심은 자기혐오와 연결된다. 자신의 존재 자체에 대한 부정적인 감정인 것이다.

수치심에서 벗어나기

수치심은 죄책감과 다르다. 잘못을 했다면 당연히 죄책감을 느껴야 한다. 이는 자연스럽고도 적응력을 발휘하는 인간의 감정으로, 잘못된 행동을 성찰하고 이후 더 나은 선택을 할 원동력이 된다. 피해를 본 상대에게 진정으로 사과함으로써 관계를 개선하거나 같은 잘못을 되풀이하지 않도록 만들어주기도 한다. 하지만 트라우마를 경험한 사람들은 자기가 잘못한 일이 아닌데도 죄책감에 시달리곤 하며, 바로 이것이 수치심을 키운다. 그들은 사건 당시 자신이 한 행동이나 혹은 사건을 막지 못했다는 점을 들어 스스로를 질책하고 비난한다. 그런데 알고 보면 본인이 막을 수 있었던 일도 아니고, 본인이 잘못한 일은 더더욱 아니다. 무엇보다 그 자신이 피해자다.

의식적으로든 무의식적으로든 우리 안에선 수치스러운 것을 숨기려는 동기가 강하게 작동한다. 따라서 자기 자신이 수치스러워지면 숨기려 하고, 이는 세상과의 단절을 불러온다. 파울라도 그랬다. 자기혐오와 수치심으로 세상과 단절되려 하면서 다른 한편으로는 누군가에게 받아들여지고 연결되기를 간절히 바랐다. 이런 양가감정은 트라우마를 이겨내는 데 일면 도움이 된다. 세상과 연결되고 싶은 욕구가 트라우마로부터 회복하려는 의지로 이어질 수 있기 때문이다. 즉 당하기만 한다는 무력감에서 벗어나 자율적인 선택의 삶을 살아갈 기회를 만들어준다.

"아버지와는 지금 어떻게 지내요?"

"아버지가 학비와 생활비를 대주고 있어서 연락은 하고 있습니다. 그렇지만 형식적인 대화만 나눌 뿐 과거 얘기는 안 꺼내요. 사실 미국으로 유학 온 것도 가족과 멀리 떨어져 살고 싶어서였어요."

우리는 선택에 대해 많은 이야기를 나누었다. 성인이 된 파울라가 이제 할 수 있는 선택. 다섯 살, 열여섯 살의 무력한 미성년자가 아닌 성인으로서 내릴 수 있는 선택에 대해 이야기했다. 자기 삶의 문제들을 자기가 선택한다는 건 당연한 소리처럼 들린다. 그러나 트라우마에 갇힌 사람들에게는 이 일이 매우 어렵다. 특히 아동기의 트라우마는 한 개인의 통제감을 박탈한다. 내가 할 수 있는 일이 없다고 느끼는 순간 무력감은 가중되고 트라우마의 창살은 더 촘촘해진다. 파울라가 부모 자식 간의 '천륜'을 끊어내는 것도 하나의 선택지임을 깨닫기까지는 상당한 시간이 필요했다. 그녀는 그동안 용서할 수 없는 사람을 용서하려는 몸부림 속에 살았고, 자신에게 선택권이 있다는 사실조차 생각하지 못했기 때문이다.

상담을 진행하며 파울라는 아버지를 용서하지 않는 선택, 아버지와의 인연을 끊는 선택을 하기로 결정했다. 또한 엄마에게 자신의 마음을 이해시키고 사과를 받았다. 이 일을 계기로 어머니와의 관계는 많이 좋아졌고, 아버지와의 관계를 정리하는 데 엄마의 진정한 지지를 받게 되었다. 하지만 남자친구에게는 끝내 속마음을 털어놓을 준비가 되지 않아 헤어졌다.

아버지와의 관계를 스스로 단절하고 어머니와의 관계가 개선되며 파울라의 우울증은 점차 나아졌다. 무엇보다 결함 있는 존재라는 생각에서 벗어나 스스로 선택하고 결정할 수 있는 성인으로 성장했다는 사실을 그녀는 가장 뿌듯해했다.

수치심을 다루기 위한 팁

—

트라우마는 개인의 의지를 벗어나는 일이다. 특히 그 트라우마가 수치심을 유발하고 정체성을 훼손할 때, 피해자는 움츠러들고 힘을 잃게 된다. 수치스러운 기억은 뇌에 각인되어 피해자를 통제한다. 피해자를 숨게 만들고, 자신을 감추고 가리게 만든다. 그리고 계속해서 이렇게 말한다. "너를 드러내지 마. 사람들이 네게 다가오지 하지 마. 진짜 네 모습을 알게 되면 모두 너를 거부할 거야"라고. 수치심이라는 쇠사슬에 휘감겨 옴짝달싹 못하게 되는 것이다. 이는 은폐와 부인, 회피를 야기하고 감정을 마비시키며 피해자와 세상을 단절시킨다. 이것이 불러올 수 있는 가장 심각한 문제는, 상상 속 외부의 시선을 내재화해 그걸로 본인을 정의해버리는 것이다. 이는 자신의 수치스러운 모습을 자신의 전체 모습으로 여기게 만든다. 이런 상태에서 한 인간이 자율적으로 행동하기란 거의 불가능하다.

수치심을 한순간에 없애버리기는 어렵더라도 자신의 여러 모습 중 하나로 인식해보면 도움이 된다. 탐탁지 않게 여기는 모습과 자랑스럽게 여기는 모습 모두 자신 안에 공존하는 것이다. 자신의 모든 면이 다 사랑스럽고 자랑스럽다면? 그런 사람은 거의 없으며 있다고 해도 딱히 바람직하지 않다. 반대로, 자신의 모든 면이 다 싫고 혐오스럽다면? 누구나 싫어하는 자신의 모습을 하나쯤은 갖고 있다. 그게 인간이다. 그게 뭐 어떻단 말인가?

'그럼에도 불구하고'라는 말이 참 좋다. 결점 없는 사람은 없다. 그 결점에 집착하는 정도가 다를 뿐이다. 그 결점에 매몰되어 자신을 가두느냐, '그럼에도 불구하고' 할 수 있는 일들을 해나가느냐가 차이를 만든다. 이미 지나버린 과거를 바꿀 수는 없지만, 현재의 자신과 미래의 자신은 충분히 선택할 수 있다. 가능한 선택들을 하나씩 행동으로 옮기다보면 인간 본연의 자율성을 되찾고 자기 자신으로 살아갈 수 있게 될 것이다.

새순이 돋는 자리

―어떻게 회복할 것인가

기억 꺼내 보기

지우씨가 경찰 신고를 한 것은 성인이 되고 8년이 지난 후였다. 지우씨는 고등학교를 자퇴한 뒤 검정고시로 대학에 합격했지만, 등록금을 낼 형편이 안 돼 학교를 다니지 못했다. 지금은 네일뷰티숍에서 일하고 있다.

첫 만남에서부터 지우씨는 똘망똘망한 눈빛에 표정이 풍부하고 다부진 모습이었다.

"저는 진짜 없던 일이라고 생각하면서 살려고 했어요. 여태 후회 없이 살아왔고요."

지우씨는 열여섯 살 때부터 집을 뛰쳐나왔던 스무 살까지 계속된 계부의 성폭행을 경찰에 신고한 뒤 스마일센터로 오게 되었다. 친부는 지우씨가 다섯 살 때 심장마비로 사망했다. 이후 어머니가 동네에서 작은 식당을 운영하며 생계를 이어오던 중 단골손님이었던 계부와 재혼했다. 당시 계부는 건설 현장 노동자로 일하다 사고로 장애인이 된 후 정부지원금으로 생활하고 있었는데, 지우씨를 딸처럼 예뻐했기에 지우씨도 아저씨, 아저씨 하면서 잘 따랐다. 셋이 함께 살게 된 뒤로는 엄마가 식당 일을 하러 나가 있는 동안 계부가 집안일과 지우씨 돌봄을 맡았다. 계부의 강제 추행이 시작된 것은 이때부터다. 처음에는 장난치듯 가벼운 스킨십이었으나 점차 수위가 높아지고 횟수도 잦아졌다. 엄마에게 말할까 말까 수백 번 망설였지만, 힘들게 일하시는 엄마를 더 힘들게 할까봐 내색하지 않았다. 성인이 되자 계부는 지우씨 명의로 카드를 만들어 카드론이나 인터넷 소액 결제를 이용한 뒤 빚을 갚지 않았다. 지우씨는 자신도 모르는 새 신용불량자가 되어 있었다.

스무 살이 되던 해 집을 나와 사촌 언니 자취방에서 지내며 아르바이트를 여러 개 했다. 당시에는 돈을 벌어 독립하겠다는 생각뿐이었다. 우연한 기회로 네일아트를 배운 덕에 현재는 독립해서 생업을 이어나가고 있다.

신고를 결심한 것은 엄마가 계부한테 폭행을 당해 전치 3주의 상해를 입고 병원에 입원했기 때문이다. '나만 참으면 아무 문제 없을 거야'라고 생각하며 버텨왔는데, 자신이 집을 떠나자 엄마가 계부에게 매 맞고 살았던 것이다. 이는 꾹꾹 눌러두었던 분노를 터뜨리게 했으며 신고를 결심하는 계기가 되었다.

"지금까지 제가 뭘 했나 싶어요. 모든 게 원점으로 돌아간 것 같아요. 병원에 계신 엄마를 보고 와서는 고통 없이 죽는 방법을 인터

넷으로 찾아봤어요. 자살 실패 후기도 읽어봤고요. 하지만 병원에 누워 있는 엄마를 보면 다시 정신을 바짝 차려야겠다는 생각이 들어요."

치료는 겉과 속 모두에

첫 면담에서 지우씨는 무엇보다 앞으로 진행될 재판에 집중하고 싶다고 했다. 법적인 측면에서 도움을 받고 싶다는 것이었다. 스마일센터에서 심리상담과 함께 법적인 지원도 해준다는 담당 경찰의 말을 듣고 올 결심을 했다는 모양이었다. 이에 가장 먼저 법률 홈닥터를 연계해 법률 상담을 받을 수 있게 했다. 그리고 지우씨에게 재판 모니터링 서비스를 제공하기로 했다. 재판에서 어떤 이야기가 오갔는지 궁금하지만, 가해자를 만나고 싶지 않아 직접 가기는 꺼려지는 범죄 피해자들을 위한 서비스다. 센터 사례 선생님이 대신 재판장을 방문해 주요 내용을 메모한 뒤 피해자에게 전달해준다. 법률 지원에 대해 설명하면서 짧지 않은 재판 과정을 잘 이겨내려면 심리상담을 병행하는 게 중요하다고 강조했다. 그와 함께 상담 일정도 논의해 매주 1회 상담을 하기로 했다.

언뜻 보기에 지우씨는 스스로 트라우마를 극복하며 잘 살아온 듯하다. 아마 주변 사람들은 지우씨의 깊은 상처를 거의 눈치채지 못했을 것이다. 하지만 이렇게 잘 지내는 듯한 사람들의 마음속에도 부글거리는 분노와 언제 어떻게 터질지 모르는 고통이 숨어 있다. 잘 감추고 억누르는 것 같지만, 방치하면 언젠가 우울, 통제 불가능한 분노, 트라우마 증상으로 타오른다.

"전 제가 잘 살고 있는 줄 알았어요. 적어도 엄마 일을 알게 되기 전까지는요. 그런데 엄마 모습을 본 순간 모든 게 무너지는 것 같았고, 저 자신이 원망스러웠습니다. 힘들지 않았다면 거짓말이겠지만 애써 이 일을 끄집어내서 저랑 엄마를 괴롭히고 싶지 않았어요. 제가 조금 서둘렀다면 엄마가 이렇게 되진 않았을 텐데……."

트라우마를 마주한다는 것

심리치료는 눌러놓았던 기억과 감정을 꺼내 보는 작업인 만큼 고통스럽다. 상처가 심할수록 더 그렇다. 지우씨도 그런 사람 중 한 명이었다. 잘 이겨냈다고 자부했지만, 사실은 깊은 상처를 덮어버린 뒤 괜찮은 척했던 것이다.

트라우마 기억은 산산조각 난 파편처럼 정리되지 않은 상태로 저장된다. 하나의 이어진 이야기가 아니라 조각난 이야기와 이미지들이 흐트러진 채 저장되는 것이다. 그 조각들이 악몽으로, 백일몽으로, 내가 원하지 않는 순간에 침습적으로 떠오른다. 그렇게 설명하자 지우씨는 눈물을 흘리기 시작했다. 계부가 쫓아오는 꿈, 계부와 함께 낭떠러지에서 떨어지는 꿈을 종종 꾼다고 했다. 가끔은 낮에 일하다가도 이 꿈 이미지가 불현듯 나타났다 사라지는데, 이 때문에 손님의 손톱에 상처를 내서 크게 사과한 적도 있다고 했다.

트라우마 치료는 파편처럼 정리되지 않은 기억 조각들을 하나의 이야기로 재구성하는 작업이다. 대표적인 방법으로는 지속노출치료가 있다. 과거의 트라우마 경험이나 불안을 야기하는 상황에 점진적, 반복적으로 노출시킴으로써 그걸 회피하지 않고 스스로 다룰 수 있는 과거로 바꾸는 작업이다. 고통스럽지만 효과가 있는데, 불안을 줄여주며 꿈이나 백일몽 같은 형태의 재경험도 완화해준다. 무엇보다 과거의 트라우마 경험으로 훼손됐거나 혼란스러워졌던 정체성을 다시 구축할 수 있도록 돕는다. 지우씨와 노출치료를 시작했다. 아직 진행 중이긴 하지만 과정을 잘 따라오고 있다. 자신이 고통을 회피한 결과 엄마가 희생되었다는 생각이 치료의 강력한 동기가 되었다.

지우씨는 재판에 증인으로 서기로 했다. 형사 재판에서 피해자가 스스로 진술을 요청해 증인으로 서는 것은 대단한 결심이 필요한 일이다. 나는 신뢰관계 자격으로 재판에 동석했다. 지우씨는 떨리는 목소리로, 그렇지만 차분하게 증언을 이어나갔다. 마지막에 지우씨가 했던 말이 인상적이다. 가해자가 어떤 처벌을 받는지는 이제 중요하지 않다고 했다. 중요한 것은 그동안 누구에게도 말하지 못한 이 이야기를 이 자리에서 비로소 할 수 있게 된 거라고 했다. 참으로 단단하고 강인한 사람이라는 생각이 들었다.

지우씨는 트라우마가 시작된 지 15년이 지난 지금에야 회복의 길목에 들어섰다. 트라우마를 마주할 용기가 회복으로 가는 문을 열어준 것이다.

임파워먼트로 향하기 위한 팁

—

트라우마로부터 회복한다는 것은 단순히 트라우마로 인한 불안과 공포의 완화만을 의미하지 않는다. 무력한 피해자에서 자율적인 인간으로 회복하는 것을 뜻한다. 주디스 허먼은 트라우마 생존자들의 회복에 임파워먼트Empowerment 가 중요하다고 강조한다. 사전적으로는 '권한을 주다'라는 뜻의 이 단어는 스스로 권한을 갖고 자기 삶의 주체가 되어 결정 내리며 행동하는 힘을 의미한다. 세상엔 통제할 수 없는 일이 수없이 많다. 하지만 그중 하나라도 내가 할 수 있다는 것을 알고 실제로 행하는 순간, 통제 불가능했던 고통은 견뎌내고 흘려보낼 수 있는 형태로 바뀐다.

스마일센터를 방문하는 분들의 이야기를 들어보면 상상만 해도 몸서리쳐지는 끔찍한 일이 많다. 그런 위기 상황에서 피해자 분들이 대응하는 모습을 보면 실로 놀라운데, 정작 자신이 얼마나 잘 대처했는지는 모를 때가 많다. 무엇을 어떻게 잘했는지 구체적으로 말하면 의외라며 놀라워한다. 그런 생각을 해본 적이 없었기 때문이다. 어쩌면 트라우마에서 오는 무력감을 '임파워먼트'라는 회복의 힘으로 이끄는 것은, 이렇듯 작은 생각의 변화와 자신에 대한 재발견인지도 모른다.

트라우마를 대물림하지 않는
첫 번째 세대

중학교 2학년 때의 일이다. 나는 반장으로서 같은 반 친구들과 잘 어울려 놀았고, 젊은 남성이었던 담임 선생님과의 관계도 좋았다. 1학년 기말고사에서 성적이 많이 떨어졌던 것과 달리 2학년 첫 중간고사에선 성적이 오르기도 했다. 모든 게 대체로 순조로웠을 때였다.

그때 나는 키가 큰 편이라 언제나 교실 맨 뒷줄에 앉아 있었다. 그런데 언제부터일까, 아침 자습 시간에 담임 선생님이 내 뒤에 서서 귓불을 만지기 시작했다. 싫었지만 티를 내기가 어려웠다. 며칠이 지나자 점차 수위가 높아져 귓구멍에 손가락을 넣기 시작했다. 얼마 뒤부터는 얼굴 이곳저곳을 만지거나 꼬집었다. 이때부터는 소극적으로 앉은 자리에서나마 손길을 피했다. 그럼에도 선생님의 행동은 멈추지 않았다. 짝꿍은 물론이고 같은 줄에 앉은 다른 친구들도 선생님의 행동을 알 수밖에 없었다. 나중에는 입술을 만지작거리면서 검지를 입안에 넣기까지 했다. 입을 다물고 있으려 애썼으나 담임이 강제로 입을 벌렸다.

사실 당시에는 그게 무슨 행동인지 전혀 몰랐다. 성적인 행동임을 알지 못한 것이다. 성추행이라는 단어가 세상에 없었을 때였는지, 어린 내가 접하지 못했을 뿐인지 몰라도 그런 개념 자체가 내겐 없었다. 그냥 그 행동이 싫었고 괴로웠다.

더 큰 문제는 같은 반 친구들도 그 행동의 의미를 몰랐다는 것이다. 내겐 너무 괴로운 일이 반복되었는데, 친구들은 오히려 담임이 나를 편애한다고 생각했다. 내 앞에서 대놓고 그런 이야기를 꺼내는 친구는 없었다. 하지만 언제부턴가 따돌림을 받고 있었다. 2교시짜리 미술 시간 중간에 점심 시간이 끼어 있었는데, 잠깐이라도 자리를 비우면 그리던 그림에 낙서가 되어 있었고 만들던 찰흙 작품이 뭉개져 있었다. 계속 반복되었지만 누가 그랬는지 아무도 말해주지 않았다. 겉으로 티는 안 나도 친구들로부터 점점 배제된다는 느낌을 받았다. 내 편이 아무도 없는 것 같았다. 선생님의 행동보다 종일 친구들의 표정과 말에 신경 쓰는 게 더 힘들었다. 가끔 친구들이 조금 호의적으로 바뀌었나 싶기도 했지만 잠깐일 뿐, 실제로 변한 것은 없었다.

2학기가 시작될 무렵 부모님께 담임의 행동을 말씀드렸다. 마침 다니던 중학교의 선생님 중 한 분이 초등학교 때 친했던 동창의 어머니였다. 어머니는 그분께 담임의 행동을 막아달라고 부탁했다. 하지만 돌아오는 대답은, 선도부장인 담임을 어떻게 할 방법이 없으니 한 학기만 참아달라는 것이었다. 그때는 그랬다. 부모님도 힘들겠지만 조금만 버티자고 하셨다. 나로서는 담임의 행동을 멈출 방법이 아무것도 없었다.

무엇 때문인지는 기억나지 않지만, 종례를 앞둔 청소 시간 말미에 열 명이 넘는 친구들이 나를 둘러싸고 돌아가며 험한 말을 했던 날이 있었다. 말이 행동으로 옮겨질 듯한 일촉즉발의 상황에서 가만히 있던 한 친구가 둘러싼 친구들을 뚫고 안으로 들어왔다.

"이러지 말자."

그러고는 내 손을 잡고 끌고 나오는 것이었다. 종례를 하기 전이었음에도 둘이 책가방을 메고 학교를 빠져나왔다. 놀라운 사실은 조금이나마 친하다고 생각했던 친구 몇몇도 나를 둘러싼 무리에 끼어 있었다는 것이다. 그동안 누가 나를 괴롭혔는지 처음으로 확인하는 순간이었고, 그러자 오히려 마음이 홀가분해졌다. 정작 나를 구해준 친구와는 평소 말을 자주 나눈 사이도 아니었다. 이후로 깊이 친해진 것도 아니다. 그렇지만 믿을 수 있는 사람, 내 편인 사람이 교실에 한 명이라도 있다는 사실은 큰 위안이 되었다. 그 친구 덕분에 남은 한 학기를 버틸 수 있었다. 그 한 사람이 나에게는 필요했고 그것만으로도 충분했다.

늦더라도 늦은 것이 아니다

범죄 피해가 트라우마로 쉽게 이어지는 이유는, 범죄 자체도 버겁지만 그 후에 감당해야 할 것이 너무 많기 때문이다. 홀로 떠안기에는 벅차다. 그 무력감 앞에서 피해자는 신고할 엄두조차 못 내거나 주변에 도움을 청하지 못한다. 어찌할 바를 모르고 전전긍긍하면서 막연히 시간이 약이라고 생각하다가 점점 더 고립되는 사례도 있다. 시간은 더디게 가기도 하지만, 정신없이 여러 날이 훌쩍 지나기도 한다. 그러면 '때'를 놓쳤다며 자책하게 되고, 도움을 구하기는 더더욱 어려워진다.

하지만 정해진 '때'라는 것은 없다. 'It Ain't Over 'Til It's Over'라는 말처럼, 끝날 때까지 끝난 것이 아니며 늦더라도 늦은 것이 아니다. 물론 최대한 빨리 도움을 받으면 좋겠지만, 범죄 피해로부터 몇 년이 지난 후 용기를 내 신고하거나 치료를 받는 분들도 있다. 신고를 일찍 한다 해도 가해자를 조사해 처벌이 나올 때까지 시간이 오래 걸릴 수 있고, 치료를 일찍 받는다고 해도 회복하는 여정이 상당히 길 수 있다. 하지만 그 시간을 함께 버텨줄 사람은 분명히 있다. 가족, 친구, 지인이 그래준다면 좋겠지만 꼭 친분이 있는 사람이 아니더라도 괜찮다. 범죄 피해자를 도우려는 사람과 단체는 얼마든지 있다. 내가 근무하는 스마일센터도 그렇고, 해바라기센터와 범죄피해자지원센터, 병원과 상담소 등 다른 기관도 많다.

고통을 함께 감당할 것

중학교 친구들이 담임의 성추행을 이해 못 했듯 주변 사람들이 범죄 피해와 그 트라우마를 충분히 이해하지 못할 수 있다. 그래서 도움을 요청하고도 상처받을 수 있다. 나에게 절실한 부분이 타인에게는 보이지 않을 수 있고, 설사 도와주고 싶은 뜻이 있는 사람이라도 무엇을 도와야 할지 모를 수 있기 때문이다. 도움까진 아니더라도 아픔에 대한 이해와 공감이라도 해주면 좋겠지만 그조차 어려울 때가 있다. 하지만 그게 꼭 그들의 잘못은 아닐 수 있다. 중학교 때는 친구들뿐 아니라 나조차 내가 당한 게 성추행이라는 사실을 몰랐다. 억울했지만, 언젠가부터 학년이 끝나기만을 기다리는 것이 내가 할 수 있는 전부가 됐다.

범죄 피해자 중에 나와 비슷한 상황에 놓였던 분들을 만날 때가 있다. 용기 내어 범죄를 신고하고 치료를 받으려고 병원까지 온 분들이다. 그런 분들을 볼 때면 가끔 '내가 지금 중학교 때와 비슷한 일을 겪는다면 어떨까?' 혹은 '어느 중학생이 그와 유사한 범죄를 당한다면 어떻게 행동할까? 반 친구들은 어떻게 행동할까?' 하는 생각이 들곤 한다. 분명한 것은 성범죄 등 범죄에 대한 우리 사회의 인식과 태도가 전과는 달라졌다는 사실이다. 유사한 일이 지금 벌어진다면 당사자가 어쩔 줄 모른다고 해도 같은 반 친구들이 도와줄 것이다. 휴대폰으로 선생님의 만행을 촬영하는 친구들이 있을

지도 모르겠다. 가족들이 이러한 사실을 알게 된다면 곧장 경찰에 신고할 것이고, 학교에서는 분리 조치가 이뤄질 것이다. 트라우마를 이겨낼 수 있도록 주변 지인들과 전문가가 함께할 것이다.

물론 피해자로서는 여전히 부족하고 아쉬운 부분들이 있을 것이다. 그럼에도 중요한 점은, 피해자 곁에 함께할 사람이 있다는 것이다. 단 한 사람만 곁에 있어도 버틸 힘이 생긴다는 것이다. 함께할 때 우리는 생각보다 강해진다.

특히 피해자와의 연대가 큰 힘이 된다. 미투운동의 기폭제가 된 서지현 전 검사는 광주에서 자라며 겪었던 5·18 민주화운동의 기억이 피해를 증언할 용기가 되었다고 했다. 또 5·18 성폭력 피해자 중 다수는 서지현의 미투로 용기를 얻어 40여 년 만에 피해를 알릴 수 있었다고 했다. 2024년, 국가폭력트라우마치유센터에서 만난 5·18 성폭력 피해자 자조 모임 '열매' 분들과 서지현 전 검사가 껴안고 눈물을 흘리는 장면은 깊은 울림을 주었다. 대구 지하철 참사 유가족들이 세월호 참사 유가족과 함께했고, 세월호 참사 유가족이 이태원 참사 유가족과 함께했다. 대구 지하철 참사 20주년에는 세월호와 이태원 유가족들이 곁을 지켰다. 갑작스러운 사고로 자녀를 잃은 부모의 황망한 마음은 누구도 알 수 없다. 하지만 그 경험을 공유한 이들은 말없이 함께 있는 것만으로도 서로에게 위안이 되고 삶을 지탱할 힘이 된다.

세월호, 이태원 참사와 같은 재난을 겪으며 재난뿐 아니라 개개인의 트라우마에 대한 관심과 인식이 높아졌다. 이는 범죄 피해와 같은 트라우마 사건이 예전보다 더 많아져서 나타난 결과일까? 그렇게 보기는 어려울 것이다. 대한민국 근현대사 자체가 트라우마의 시대로 느껴질 정도이기 때문이다. 현재 청년들의 조부모 세대는 참혹한 한국전쟁을 겪었고, 부모 세대는 다양한 국가 폭력에 노출됐다. 특히 부모 세대의 군대는 온갖 폭력이 생활화된 곳이었다. 학교와 직장, 가정에서도 체벌, 성추행, 구타, 폭언 등 폭력에 일상적으로 노출됐다.

안타깝게도 이러한 폭력은 피해자가 다시 가해자가 되면서 대물림됐다. 트라우마가 일상화되는 건 당연한 일이었으며, 피해자는 아픔을 밖으로 꺼내지도 못한 채 숨기거나 삭여야만 했다. 이처럼 냉대받았던 트라우마가 비로소 주목받고 있다. 겉으로 드러나지 않는 트라우마 후유증에 대한 사회적인 관심도 늘어났다. 트라우마를 치유하고 예방하는 것이 당연하게 느껴지는 시대가 됐다. 참혹한 재난이 발생하면 이제는 언론들이 앞다퉈 심리적 트라우마를 조명한다.

지금처럼 트라우마에 민감한 시대에 우리 공동체는 무엇을 할 수 있을까. 트라우마의 고통을 표현할 수 있는, 트라우마를 대물림하지 않는 첫 번째 세대가 될 수는 없을까. 트라우마로 고통받는 분들 곁에서 함께 연대하는 역할을 할 수는 없을까.

　　　　　　　　4장　새순이 돋는 자리

긍정적인 기억의 힘

일요일 저녁, 주말을 마무리하며 다음 날의 일상을 준비하느라 가족들이 분주한 사이 배경음악처럼 틀어진 TV에서는 PTSD에 대한 다큐멘터리가 방영되고 있었다. PTSD 증상을 일으키는 부정적 기억의 힘이 얼마나 강력한지, 그로 인해 인간의 뇌가 겪는 질병의 진행과 그 영향은 어떠한지에 대한 내용이었는데, 나도 다른 일들을 정리하던 중이라 건성건성 듣고 있었다. 그런데 방송이 끝날 즈음 아이가 고개를 갸웃거리더니 물어보는 것이었다.

"엄마, 부정적인 기억의 영향이 그렇게 파괴적이라면…… 긍정적인 기억도 그렇게 엄청나지는 않아도 우리 뇌에 영향을 주지 않나요? 전 속상할 때 기분이 너무 좋았던 기억을 떠올리면 좀 나아지던데."

나는 잠시 고민하다가 말해주었다. 일상생활에서 맞닥뜨릴 수 있는 수준의 스트레스라면 그런 식으로 대처할 수 있지만, PTSD

를 일으킬 만큼 심각한 공포와 위협을 느낀 사람들의 뇌에선 그 정도로 긍정적인 기억을 떠올리거나 새로 만들어내는 것조차 무척 어려운 일이라고. 그런데 그 대화 중 문득, 치료를 종결할 때쯤 내 담자들이 종종 하던 말들이 떠올랐다.

"선생님, 치료가 끝나가니 마음이 놓이면서도 가끔은 여기가 참 그리워질 거예요. 처음엔 여기만 오면 사건 생각이 더 나는 것 같아 오기 싫었거든요. 근데 막상 치료가 끝났다고 생각하니…… 상 담실에 걸린 저 그림이 자주 생각나고 그리워질 거 같아요. 밖에서 불쑥 사건 생각이 나거나 가해자 지인의 무례한 연락을 받을 때면 공황발작이 일어나곤 했는데, 그때 저 그림과 이 방의 공기, 센터에 서 나던 향을 떠올리면 비상약 없어도 증상이 가라앉았거든요."

"한번은 여기서 선생님이랑 막 웃었던 적이 있어요. 왜 웃었는 지는 기억 안 나지만 아마 굉장히 사소한 이유였을 거예요. 그런 데…… 그냥 눈물이 찔끔 날 만큼 함께 웃었던 그 순간이 자꾸 떠올 라요. 그리고 그 순간을 떠올리면 마음이 편안해져요. 내가 이렇게 불안하지 않았던 적이 예전에 있었나, 이래도 되나, 싶을 만큼요. 너무 고통스러운 일, 다시는 겪고 싶지 않은 일 때문에 여기 왔지 만…… 여기서 얻은 추억은 정말 고맙게 느껴져요."

긍정적인 기억의 힘

2020년, 심리학 박사 어테카 A. 콘트랙터와 동료 연구자들은 북텍사스대학 및 아일랜드대학에 재학 중인 수백 명의 학생을 대상으로 긍정적인 기억이 외상 후 정신건강에 미치는 영향을 연구했다. 그 결과, 학생들에게 긍정적인 기억을 떠올리고 그 기억의 의미와 감정에 대해 생각해보도록 하는 것만으로도 스트레스와 불안이 통계적으로 유의미하게 줄어들었다. 또한 외상 후 스트레스 증상과 관련된 부정적인 감정도 완화되었다. 이 연구 결과에 고무된 연구진은 이후 외상 후 스트레스 증상을 보이는 206명에게 더 깊이 있는 연구를 시행했다. 해당 연구에서 PTSD 환자들은 긍정적인 기억마저 예민함, 반응성의 정도 및 회피 증상 탓에 손상을 입은 것으로 나타났다. 그러나 일관성 있고 생생한 긍정적 기억 특성을 강화하는 평가 및 치료를 통해 이를 회복시킬 수 있다는 가능성도 제시되었다.

그동안 전문가들은 트라우마를 다루면서 주로 부정적이고 충격적인 기억이 유발하는 증상에만 초점을 맞춰왔다. 반면 이 연구는 트라우마 경험을 한 사람들의 부정적 기억뿐 아니라 긍정적 기억에도 왜곡이 일어난다는 것을, 또 이를 교정하는 긍정적인 기억의 힘이 치유적 효과를 보일 수도 있다는 것을 밝혀냈다. 좋은 기억의 효과가 나쁜 기억의 폐해를 다스려줄 수도 있다는 것이다.

실제로 충격적인 사건을 겪은 사람 다수가, 자신이 겪은 수치스러운 일을 남들이 다 알고 있으며 그 일로 자신을 비합리적으로 비난할 것이라는 피해망상에 가까운 인지 왜곡 현상을 겪는다. 자신이 입은 피해 장면이 카메라로 줌인을 한 것처럼, 또는 렌즈가 왜곡된 것처럼 지나치게 가깝고 생생하게 보인다고 호소하기도 한다. 그렇지만 치료를 받다보면 점점 사건 장면이 덜 생생해지고 멀어져 보이는 동시에, 이전과 달리 주변 상황이 점차 잘 떠오르는 변화를 느끼곤 한다. 예를 들어 가해자가 자신의 머리를 바닥에 짓누르는 장면과 거친 바닥의 감촉, 통증만 떠오르며 그 고통 속에 버려졌다고 느끼던 사람이, 사실은 누군가 자신을 발견한 뒤 주변에 도움을 요청했고, 누군가는 경찰을 불렀음을 어느 순간 떠올릴 수 있게 되는 것이다. 그리고 사건 기록을 다시 한번 들춰봄으로써 낯선 타인들이 자신을 위해 증언해주었다는 것을 확인한다. 이런 과정을 통해 그 사건을 하나의 피해로만 인식하지 않고, 앞뒤로 이어지는 상황들과 함께 입체적이며 일관성 있는 '이야기'로 기억하게 된다. 내가 겪은 일이 악몽의 이미지와 공포감만이 아닌 '하나의 이야기'로 완성되는 순간, 우리는 그 사건의 늪에서 드디어 걸어 나와 생을 다시 이어갈 수 있다.

긍정적인 기억의 긍정적인 효과

앞서 언급한 연구들에서 주목해야 할 점이 또 하나 있다. 긍정적인 기억이 왜곡되는 현상을 치료로 교정할 수도 있지만, 이 긍정적인 기억을 잘 활용해 치료 효과를 볼 수도 있다는 것이다. 사실 긍정적인 기억의 힘은 그동안 큰 주목을 받지 못했을 뿐 많은 연구와 치료법에서 이미 이용되고 있었다. 대다수의 트라우마 치료법이 과학적인 '근거 기반' 치료로 인정받기 어려웠던 이유 중 하나는 그 치료법이 일반적인 지지적 정신 치료보다 월등히 뛰어나다고 증명하기가 쉽지 않았기 때문이다. 심각한 PTSD에는 적용이 어렵겠지만, 증상이 비교적 가볍다면 지지적이고 안정감을 주는 치료자와 관계를 이어가는 것만으로도 호전될 때가 많다. 그러다보니 시간과 노력이 더 많이 드는 전문적인 트라우마 치료를 우선해야 할 근거를 찾기가 어려운 것이다.

그런데 이 지지적 치료란 사실 '긍정적인 기억'의 힘을 살려주는 것이다. 치료 효과에 대한 설문 연구에서도 어떤 치료 기법이나 깨달음이 도움이 되었다고 하기보다 자신을 믿고 긍정적으로 바라봐주었던 치료자와의 꾸준한 관계, 그리고 그 속에서 소소하게 웃으며 연결감과 따뜻함을 느낀 기억을 더 많이 언급했다. 게다가 이미 많은 트라우마 치료에서 환자가 불안과 공포에 휩싸일 위기 상황에 긍정적인 어구나 편안한 이미지 등을 활용하고 있다. 부정적으로 기울어진 뇌의 균형을 바로잡기 위해 긍정적인 부분을 강조하는 것이다. 긍정적 기억의 긍정적 힘은 최근에야 제대로 조명받기 시작했지만, 치료자들은 이미 임상적 경험을 바탕으로 비슷한 방법을 활용해왔다.

제가 이렇게 웃을 수 있는 사람인 줄 몰랐어요

공포와 불안에 사로잡혔던 환자들은 처음 파안대소하는 경험을 하고 나면 충격을 받고 당황하기도 한다.

"제가 그런 일을 겪었던 피해자인데…… 이렇게 웃어도 되는 건가요?"

"가족이 그런 비극적인 일을 겪었어요. 그런 상황에 이렇게 즐거운 기분을 느끼다니…… 제가 사람 같지 않아요."

하지만 우리 인간은 나도 모르게 눈물이 나는 것과 마찬가지로 나도 모르게 웃을 수 있는 존재다. 삶은 상상치 못했던 고통을 주기도 하지만, 또 예상치 못했던 기쁨과 행복을 주기도 한다.

이러한 양면성이 잔인하게 느껴질 수 있다. 우리 뇌는 예상치 못했던 경험에 매우 취약하고, 비극적인 사건을 아무리 많이 겪은들 그에 적응한다는 것은 불가능에 가깝다. 동시에 뇌는 '그럼에도 불구하고' 긍정적인 기억의 힘을 차곡차곡 쌓을 수 있게끔 디자인되어 있다. 오랜만에 행복과 즐거움을 느끼면 처음에는 금기를 깬 듯한 불안감이 따라올 수 있다. 그래도 용기를 내 작은 웃음, 작은 기쁨부터 차곡차곡 저장하길 바란다. 긍정적인 씨앗이 쌓여 그 고통과 비극에 맞설 분량이 되는 순간, 우리는 알게 된다. 내가 그런 일을 겪었고 그 일은 내가 원치 않았음에도 일어났지만, 나는 그 일보다 거대한, 거의 무한에 가깝게 다양한 경험이 쌓인 존재라는 사실을. 그 고통과 공포에 여전히 사로잡히기도 하지만, 나의 역사와 함께 쌓인 경험과 감정이라는 바다 속에서, 그만큼 따뜻하고 행복한 기억이 밀물처럼 찾아드는 순간도 겪을 수 있다는 것을. 물론 사건의 깊이와 충격이 심할수록 그 긍정적인 순간을 온전히 느끼거나 만들기 어려울 수 있다. 그렇다고 비관할 것까지는 없다. 혼자가 어렵다면 전문가와 함께할 수 있기 때문이다. 우리 뇌는 그렇게 광활하고도 놀라운 존재다.

마지막으로 치료가 종결되던 날 나에게 나비 그림을 그려주었던 아이의 말을 인용하고 싶다.

"선생님, 저는 여전히 그날이 생각나요. 하지만 슬프기만 하지는 않아요. 이제 저는 알거든요. 언제든 선생님과 함께 그림을 그리고 슬픔을 꽃과 나비로 바꾸며 재밌어했던 기억을 떠올릴 수 있고, 그러면 마음이 다시 편안해진다는 걸요. 그리고 생각하게 돼요. 저 말고 다른 아이들도 이렇게 웃을 수 있게 되면 좋겠다고요."

부록

해바라기센터 (www.sunflowercenter.or.kr)

해바라기센터(성폭력 피해자 통합 지원 센터)는 성폭력·가정폭력·성매매 피해자를 대상으로 상담 지원, 의료 지원, 법률·수사 지원, 심리치료 지원 등의 서비스를 통합적으로 제공하는 기관입니다.

• 이용 대상

	대상	지원 내용
위기 지원형	성폭력·가정폭력· 성매매 피해자	상담, 의료, 수사, 법률 지원
아동형	19세 미만 아동·청소년 및 지적장애인 성폭력 피해자	상담, 의료, 법률, 심리 지원 및 출장 수사 지원 서비스
통합형	성폭력·가정폭력· 성매매 피해자	상담, 의료, 수사, 법률, 심리 지원

• 지원 서비스

상담 지원   피해자 및 가족에 대한 상담, 피해자 치유 프로그램 운영, 유관 기관과의 연계

의료 지원   성폭력 증거 채취를 위한 응급키트 조치, 산부인과·정신건강의학과·응급의학과 등 다양한 진료 과목에 대한 전문의 진료, 피해자 진료 및 진단서 발급

수사·법률 지원   수사 및 소송 절차에 대한 정보 제공, 피해자 진술서 작성, 진술 녹화 실시, 무료 법률 지원 사업, 국선변호사 연계

심리치료 지원   피해자에 대한 심리상담 및 심리치료 제공

스마일센터 (www.resmile.or.kr)

스마일센터(범죄 피해 트라우마 통합 지원 기관)는 범죄 피해로 PTSD, 우울증, 불안장애 등 심리적 어려움을 겪는 피해자와 그 가족들을 위하여 심리평가, 심리치료, 법률 상담, 사회적 지원 연계, 임시 주거(쉼터) 제공 등의 서비스를 제공하는 기관입니다.

· 이용 대상

강력범죄 피해자 및 가족(살인, 성폭력, 방화, 강도, 폭행, 스토킹 등)

· 지원 서비스

사례 관리	적합한 시기에 최적의 서비스를 제공받을 수 있도록 센터 내/외부의 자원을 탐색하고 연계
심리치료	트라우마 전문 치료진이 범죄 피해자 및 가족의 심리적 후유증을 줄이고 안정감을 회복시키기 위해 심리평가 및 심리치료 제공
생활관 입소자 프로그램	방화로 거주지가 소실됐거나 피해 장소에서 벗어나 안정을 취해야 하는 경우, 또는 주거지에 범죄의 흔적이 남아 있어 정리할 때까지 별도의 주거 공간이 필요한 경우 등을 대상으로 임시 거주지 및 입소 프로그램 제공
법률 지원	수사 및 재판 진행 상황 모니터링, 법정 증언 준비 프로그램, 법률상담 기관 연계 등 사건 이후 법적 처리 과정과 관련된 서비스 연계/제공
사회적 지원	재산 손실이나 학업 중단, 주거지 이전 등 피해를 입은 분들에게 지역 내 교육, 복지, 유관 기관을 연계하여 손실되고 중단된 삶의 영역이 회복될 수 있도록 지원
회복 프로그램	유사한 고통을 겪는 피해자들이 원예 치유, 난타, 명상 요가, 숲 체험, DIY 활동, 문화예술 체험 등 프로그램에 함께 참여할 수 있도록 해 회복을 도움

나는 범죄 피해자입니다

초판인쇄 2025년 3월 27일
초판발행 2025년 4월 3일

지은이 배승민 백명재 유성은
펴낸이 강성민
편집장 이은혜
편집 태서현
마케팅 정민호 박치우 한민아 이민경 박진희 황승현 김경언
브랜딩 함유지 박민재 이송이 김희숙 박다솔 조다현 김하연 이준희
제작 강신은 김동욱 이순호

펴낸곳 (주)글항아리 | 출판등록 2009년 1월 19일 제406-2009-000002호

주소 경기도 파주시 문발로 214-12 4층
전자우편 bookpot@hanmail.net
전화번호 031-955-2689(마케팅) 031-941-5161(편집부)

ISBN 979-11-6909-367-5 (03180)

www.geulhangari.com